낮
술

1

LUNCH ZAKE
by HIKA HARADA

Original Japanese edition published by Shodensha Publishing Co., Ltd., 2017
Korean translation copyright ⓒ MUNHAKDONGNE Publishing Corp., 2021
Korean translation rights arranged with Shodensha Publishing Co., Ltd.
through The English Agency (Japan) Ltd. and Danny Hong Agency, Korea.

1

시원한 한 잔의 기쁨

ランチ酒

原田ひ香

낮
술

하라다 히카 소설─김영주 옮김

문학동네

차례

첫번째 술

고기덮밥
무사시코야마

일러두기

1. 주석은 모두 옮긴이주다.
2. 장편 문학작품은 『 』, 연속간행물·영화 등은 〈 〉로 구분했다.

이누모리 쇼코는 점심 먹을 곳을 찾아 정오 무렵의 상점가를 누비며 무사시코야마역 방향으로 걷고 있었다.

요즘은 보기 힘든 아케이드식 상가의 양옆으로 상점들이 빼곡히 늘어서 있다. 슈퍼마켓이나 청과상은 물론이고 도토루 커피, 맥도날드, 링거헛*, 우에시마 커피, 고메다 커피, 덴야**, 조너선***, 후지 소바…… 일본의 웬만한 체인점은 다 들어와 있는 건가 싶을 정도로 한곳에 모인 것도 장관이다.

---

* 나가사키짬뽕 전문 체인점.
** 일본식 튀김덮밥 전문 체인점.
*** 패밀리레스토랑. 일본의 패밀리레스토랑은 대중적으로 이용하는 저렴한 식당을 말한다.

'보기 힘든 건 아케이드식 상가가 아니라 그 안에서 상점들이 활발히 영업하는 모습이겠지. 요즘 같은 때에.'

상점만이 아니다. 평일인데도 사람들이 꽤 지나다닌다. 물론 노년층이 많긴 하지만 사람들이 이만큼 오가는 건 대단한 일이다.

상점가는 군데군데 샛길이 나 있고 그 길을 따라 또 상점들이 즐비하다.

상설 점포뿐 아니라 가설 점포용 공간도 몇몇 마련되어 있고, 저마다 지역 특산품이나 별미 음식을 판매하느라 분주했나. 얼핏 들여다보니 최고급품이라 할 순 없지만 결코 저렴하지 않은 상품에 손님들이 몰려 있다. 불필요한 지출을 하거나 돈을 헤프게 쓰진 않지만 맛있는 것에는 확실히 돈을 쓸 줄 아는 사람들일 것이다.

'꽤 잘사는 동네네.'

쇼코는 가볍게 숨을 내쉬고 고개를 끄덕인다.

'맛있는 음식과 술이 있는 동네'라고 판단한 것이다.

하지만 상점과 식당이 너무 많은 탓에 도리어 두리번대다 정신을 차리고 보니 어느새 역 앞 로터리였다. 작은 역사 안에도 식당이 있는 듯했다.

'역사 안으로 들어가볼까, 아니면 다시 상점가로 돌아갈까……'

으음.

쇼코는 저도 모르게 입술 사이로 미세한 소리를 내며 망설인다.

결국 어느 쪽도 선택하지 않고 차라리 역 뒤쪽을 탐색해보기로 했다.

'이런 동네라면 상점가에서 좀 떨어진 곳에도 분명 괜찮은 식당이 있겠지.'

이누모리 쇼코에게는 점심 먹을 식당을 고르는 명확한 기준이 있다.

그곳의 음식이 술과 궁합이 맞느냐 안 맞느냐.

밤에 일하는 그녀에게 점심은 하루의 마지막 식사다. 아침은 거의 먹지 않으며 일하기 전에는 가볍게 요기하는 정도이고, 일이 끝난 뒤에야 제대로 된 점심을 먹기 때문에 하루 두 끼를 챙기는 게 보통이다. 그래서 기왕이면 술을 곁들이고 나른히 집으로 돌아가 그대로 잠들고 싶은 것이다.

쇼코는 역 뒤쪽으로 나와 도로를 따라 잠깐 걸었다. 깔끔하고 세련된 곳에서 소바를 파는 식당 등이 있어 역시 직감이 틀리지 않았구나 싶어 안심했는데 갑자기 식당 수가 하나둘 줄어든다. 살며시 불안해진다.

'아까 그 소바집에 들어갔어야 했나? 이맘때면 괜찮은 청주랑 안주가 있을 텐데.'

그런 생각을 하던 찰나, 작은 입간판을 세워놓은 식당이 눈에 들어왔다. 고기덮밥, 소고기스테이크샐러드, 5종 고기덮밥, 햄버그스테이크…… 든든하고 맛있어 보이는 메뉴다.

고기를 특별히 강조한 식당인 듯했다. 슬쩍 안을 살폈으나 출입문 창유리 너머로는 잘 보이지 않는다. 다만 카운터석이 있는 게 어렴풋이 보였다.

'고기는 나쁘지 않은데, 술이 있으려나……'

이렇게 고기 요리가 많은데 술이 없다면 안타깝다.

쇼코는 잠시 고민하다 주머니에서 스마트폰을 꺼냈다.

이럴 때 필요한 건 바로 검색이다. 식당에 들어가기 전 맛집 앱을 살펴보는 게 식도락 소설의 주인공이나 미식가로선 실격일지 모르겠지만, 이건 쇼코에게 더없이 소중한 한 끼, 한 잔이다. 자신은 미식가가 아니므로 감에 의존하지 말고 문명의 이기를 사용해야 한다.

'오호, 저녁엔 선술집처럼 바뀌는구나. 그럼 낮에도 맥주 정도는 있겠지.'

점심에 술을 판매하는 식당인지는 확실하지 않았지만 쇼코는 에라 모르겠다, 하고 문을 밀고 들어갔다.

"어서 오세요."

정오가 되기 전, 이제 막 문을 연 식당에 쇼코가 첫손님이었다.

카운터에 남자 주인과 아내인 듯한 중년 여자, 그리고 젊은 여자, 이렇게 셋이 있었다. 쇼코는 카운터석으로 안내를 받아 제일 끝 쪽의 좋은 위치에 자리를 잡았다.

벽에 붙은 메뉴를 본다.

육류 요리가 주인 곳이지만 고등어구이 같은 정식 메뉴도 어엿이 존재한다.

"이 고기덮밥에 올라가는 고기는 뭐예요?"

"소고기예요. 저희 집 대표 메뉴랍니다."

중년 여자가 밝게 대답했다.

"그럼 이걸로 할게요. 밥은 조금만 주세요."

쇼코는 일단 식사만 주문하고 분위기를 살피기로 했다.

식당은 카운터석이 대부분이지만 작은 테이블석도 두 곳 있다. 바나 작은 호프집 같은 구조다. 예전에 그런 가게였을지도 모른다.

카운터 위에 놓인 소형 플라스틱 메뉴판이 눈에 들어왔다. 이사미*, 시키네**, 구로이사니시키***…… 고구마소주의 이름들이 나열되어 있다.

좋아. 쇼코는 무의식중에 카운터 아래서 가볍게 주먹을 쥐었다.

---

* 부드러운 풍미가 특징이며, 소량 생산해 구하기 힘든 술로 유명하다.

** 달콤하고 순한 맛이 특징이다.

*** 향기가 화려하고, 합리적인 가격으로 인기가 있다.

고기덮밥이라면 맥주와 잘 어울릴 테고 자신도 맥주를 상당히 좋아하지만, 여기서는 든든한 고기에 고구마소주를 곁들이고 싶다.

이사마나 시키네도 좋다. 하지만 모처럼 온 기회이니 모험하는 셈치고 안 먹어본 술을 시도해볼까.

"여기요. 반쇼코*라는 술, 온더록스**로 마실 수 있을까요?"

반쇼코라는 이름 아래에 "에도시대의 문헌을 토대로 재현"이라는 설명이 적혀 있다. 이토록 매력적인 카피라니.

"아, 네."

여자 주인이 약간 의외라는 표정을 짓긴 했지만 곧장 수긍하고 술을 준비해준다.

이럴 때 "네? 술을 드실 건가요?"라고 되묻지 않는 것도 낮술을 마실 식당을 고르는 중요한 기준이다.

쇼코는 어른이다. 어른에게는 대낮부터 술을 마시는 일도 있다는 사실을 알아주면 좋겠다.

"어머나, 너무 많이 따랐네."

혼잣말하는 여자 주인과 눈이 마주쳐 쇼코는 자연스레 미소를 주고받았다.

---

* 고구마와 대나무숯을 이용해 만든 일본식 소주로, 깔끔한 뒷맛을 자랑한다.

** 잔에 얼음을 넣고 술을 따라 마시는 것.

달그락하는 소리와 함께 카운터 위에 유리잔이 놓였다. 자그마한 술잔에 '너무 많이 따라' 가득 담긴 고구마소주. 창으로 들어오는 햇살을 받아 투명하고 네모난 얼음이 반짝반짝 빛난다.

아아.

쇼코는 소주를 한 모금 마시고 저도 모르게 가벼운 탄식을 내뱉었다.

고구마의 향이 강하고 묵직한 소주다. 어느 부분에서 에도를 느끼게 하는지 잘 모르겠지만 맛이 소박하다고 할 수도 있을 것 같다.

"덮밥도 이제 곧 나와요."

먼저 미소시루*와 반찬이 나왔다. 접시에 향이 은은한 김조림과 작은 냉두부가 담겨 있다.

'이건 술안주로 제격이네.'

간이 삼삼한 김조림을 음미하며 술을 마시고 있으니 덮밥이 나왔다.

'우아……'

쇼코는 소리를 내지 않으려 필사적으로 참았다.

꽃이 피었다. 얇게 썬 소고기가 그릇 위로 빈틈없이 꽉 차서

---

* 일본식 된장인 '미소'를 넣고 끓인 국.

장미처럼 꽃이 피었다. 그 위로 우드득 갈아낸 흑후추가 솔솔.

아름답다. 이렇게 아름다운 덮밥은 처음 보았다.

"주문하신 대로 밥은 적게 담았어요."

이 양이면 흰쌀밥이랑 먹고도 남아 술안주로 하기에도 충분할 것 같다. 그 정도로 고기가 많다.

이 집 덮밥에 올라간 고기는 분홍빛의 로스트비프가 아니라 장밋빛의 다타키*였다.

쇼코는 우선 한가운데 흑후추가 듬뿍 뿌려진 고기 한 점을 입에 넣고 고구마소주를 마셨다.

"아아."

이번에는 참지 못하고 소리를 내고 말았다.

'칭찬해주고 싶다. 여기에 오기로 결정한 십 분 전의 나 자신을 힘껏 안아주고 싶어.'

로스트비프덮밥이라는 음식이 항간에서 소소하게 유행한다는 걸 쇼코도 알고 있다. 그것도 싫진 않지만, 야무지게 씹는 맛이 있는 다타키에서 고기의 감칠맛을 훨씬 직접적으로 느낄 수 있다. 그리고 그 점이 또 소주와 잘 맞는다.

'여기에 맥주도 괜찮지만, 도수가 낮은 가벼운 술이라면 못 받

---

* 고기나 생선을 겉면만 살짝 익혀 얇게 썰어낸 것.

쳐졌을지도 몰라.'

이어서 쇼코는 맨 끝의 고기를 살짝 옆으로 제쳤다. 고기 밑에 채 썬 양배추가 얇게 깔려 있다. 젓가락으로 양배추와 밥을 집은 뒤 고기로 말았다.

'고기가 담백한 대신 소스에 간이 잘 되어 있구나.'

달콤한 소스도 고기와 밥에 잘 어울린다.

다시 또 한입. 이번에는 고기로 밥을 감싸서 입안에 넣고 고구마소주를 마신다.

'이것도 괜찮네.'

생선에 청주를 바로 곁들이면 살짝 비릴 때도 있지만 생선회의 기름진 맛과 흰쌀밥의 단맛은 확실히 궁합이 좋다고 쇼코는 생각한다.

날생선과 밥과 술의 조합도 좋아한다. 이것들이 입속에서 삼위일체가 될 때 쇼코는 큰 행복을 느낀다. 그야 당연한 이치지, 초밥을 보라고! 하는 사람도 있겠지만 그건 별개의 얘기라고 반론하고 싶다. 식초를 넣은 밥은 흰쌀밥과 전혀 다른 존재다.

생선회뿐만 아니라 고기에도 이 법칙이 꽤 들어맞는다. 구운 고기는 맥주랑만 먹기보다 밥과 함께 먹는 게 확실히 더 맛있다.

'그렇대도 흰쌀밥만 놓고 술을 마실 용기는 없지.'

밥이 많지 않은 덕분에 술을 곁들여도 과하게 배부르지 않았다. 대성공이었다.

그즈음 점심시간이 되어 회사원들이 연달아 식당 안으로 들어왔다. 대부분이 고기덮밥을 주문한다.

활달하게 먹는 그들의 모습을 보니 기분이 좋았다.

'다들 정말 열심히 사는구나. 그런데 나는 대낮부터 술이나 마시고 있고.'

쇼코는 서서히 머릿속으로 알코올이 퍼지는 걸 느꼈다.

"쇼코 아줌마라 다행이야."

지난밤 급작스럽게 연락을 받고 신주쿠의 어린이집으로 갔더니 세 살 꼬마 요코이 하나에가 졸린 얼굴로 말했다.

24시간 운영하는 어린이집의 보육교사들도 이미 얼굴을 아는 사이라 "하나에는 좋겠네. 쇼코 아줌마가 데리러 오셨어" 하고 품에 안긴 아이에게 그렇게 말했다.

"열이 조금 있고, 저녁에 먹은 걸 토했어요. 어린이용 감기약만 먹인 상태예요."

꼭 끌어안은 하나에는 뜨겁고 가벼웠고, 쇼코의 책임은 무거웠다.

하나에의 엄마는 어린이집에서 멀지 않은 곳에 있는 카바레클럽에서 일한다. 싱글맘인데, 자세한 사정을 들은 적은 없다.

다만 아이가 열이 나거나 유난히 보채서 도저히 어린이집에 못 가고 누군가의 도움을 받아야 할 때만 쇼코에게, 아니 '나카노 심부름센터'에 연락을 해왔다.

신주쿠에서 하나에를 안고 택시를 탄 다음, 메구로와 시나가와 경계에 있는 고층 아파트로 가면 된다.

"조금이라도 좋은 환경에서 살게 하고 싶어서요."

그래서 신주쿠가 아니라 이곳으로 이사했다고, 하나에의 엄마는 말했었다.

어차피 낮에는 거의 외출할 일이 없으니 일하는 곳 근처에 살면서 좀더 일찍 집에 오는 게 나을 텐데, 하고 쇼코는 속으로 생각했지만 입 밖으로 꺼내진 않았다.

"하나에, 배 안 고파?"

택시 안에서 말을 걸어봤지만 아이는 졸린지 고개를 도리도리 흔들 뿐이다.

쇼코는 오늘 같은 이유로 몇 차례 요코이 씨네에 가봤기에 그 집에 먹을 것이 거의 없다는 사실을 알고 있었다. 아이에게 뭐라도 먹이려면 집에 가는 길에 사야 한다.

할 수 없이 편의점 앞에서 잠시 택시를 세워달라고 한 뒤 하나에를 안고 편의점에 들어갔다. 이온음료와 감귤젤리, 바닐라아이스크림, 즉석죽을 샀다.

"아기 엄마, 괜찮아요? 혹시 필요하면 말해요. 심야 영업을 하는 슈퍼마켓이나 과일가게를 알고 있으니까."

택시로 돌아오자 기사가 걱정스러운 듯 말을 걸었다. 아마 대충 사정을 짐작했을 것이다. 그래도 쇼코가 엄마가 아니라는 사실은 몰랐던 것 같다.

고층 아파트의 상층에 위치한 집으로 가서 받아둔 열쇠로 문을 열었다. 아이방의 작은 침대에 하나레를 눕히자 재울 필요도 없이 잠들어버렸다. 쇼코는 방 모퉁이에 기대앉았다.

의자는 없다. 독서용 휴대 조명을 가지고 왔다. 어느 장소에서건 대기하는 동안 책을 읽기 위해서다.

"책을 읽거나 스마트폰을 하는 건 괜찮아. 하지만 절대로 잠들진 마. 밤새 깨어 있는 것에 우리 일의 의미가 있는 거니까."

나카노 심부름센터의 사장이자 쇼코의 동창인 가메야마 다이치가 쇼코에게 제일 처음 한 말이자, 그후에도 몇 번이고 엄격하게 반복하는 말이었다.

"안 그럼 누가 그저 지켜보기만 하는 사람에게 그 적지 않은 돈을 지불하겠어?"

다이치는 심부름센터라고 무엇이든 다 해줄 듯한 이름을 붙여두고 자기 마음에 들지 않는 일, 그마저도 최근에는 심야 일 외에 대부분을 거절하는 제멋대로인 사장이었다.

"애당초 말이야, 영업시간을 밤 22시부터 아침 5시라고 써놨
으니 이해해야지."

게다가 낮일은커녕 본인이 '지킴이'라고 부르는, 심야에 누군
가를 지켜봐주고 곁에서 시중드는 것 외에는 거의 일을 하지 않
는다.

"그럴 거면 심부름센터가 아니라 지킴이센터라고 이름을 바
꾸는 게 낫지 않아?"

개업 당시에는 무슨 일이든 도와주는 '해결사'를 할 생각으로
그 이름을 붙였다고 한다. 그런데 '밤부터 아침까지 지켜봐드립
니다'라고 즉흥적으로 떠올린 일을 서비스 내용에 추가했더니
드문드문 의뢰가 들어오기 시작한 것이다. 낮에 일은커녕 일어
나기도 싫어하던 다이치는 마침 잘됐다 싶어 아예 '지킴이 업무'
만 맡게 됐다. 실제 영업시간은 홈페이지에 적힌 것보다 좀더 유
동적이다. 저녁 무렵 어둑해질 때부터 점심 전까지라면 고객의
의향에 맞춘다.

심야에 남의 집을 방문하는 일이 금방 수용될 수 있었던 건 다
이치네 집안의 명망과 깊은 관계가 있지만 그는 그 사실을 인정
하고 싶지 않은 모양이다.

"쇼코 아줌마?"

어둠 속에서 희미한 목소리가 들렸다.

"하나에?"

"아줌마, 거기 있어?"

"응, 여기 있어."

쇼코는 곧장 하나에의 침대 곁으로 다가갔다. 동그랗고 귀여운 눈동자가 이쪽을 바라보고 있다.

"다행이다."

"뭐 좀 먹을래? 아님, 마실까?"

하나에는 고개를 저었지만 쇼코는 아이의 몸을 가볍게 안아 일으켜 이온음료를 마시게 했다.

"이제 괜찮아질 거야. 잘 마셨으니 땀을 내고 아침에 쉬하면 열이 내려갈 거야."

하나에가 살짝 웃었다.

"쇼코 아줌마는 좋아."

"왜?"

아이의 어깨까지 담요를 덮어주며 쇼코가 물었다.

"항상 일어나 있으니까. 우리 엄마는 자는데. 하나에랑 어린이집에서 돌아온 다음엔 계속 자."

"엄마는 일하느라 피곤해서 그런 거지."

안심한 듯 금세 잠들어버린 하나에의 얼굴을 바라보는데, 히죽 웃는 다이치의 얼굴이 보이는 듯해 쇼코는 고개를 흔들었다.

아이가 한동안 깨지 않을 듯싶어 조용히 화장실로 갔다.

집은 최신식 비데가 설치된 대리석 화장실, 방 두 개와 거실, 주방과 식사 공간이 있는 가족 중심의 구조다. 하나에의 엄마가 이 집을 샀는지 임대했는지는 모르겠지만 아파트의 형태로 봐선 임대용이 아닌 분양용일 것이다.

현관에는 커다란 유화가 걸려 있다. 그것도 아이의 교육을 위해 샀다며 어릴 때부터 좋은 걸 보여주고 싶다고 하나에의 엄마는 자랑했었다. 하지만 대형 냉장고는 언제나 텅 비어 있고, "필요 없는 건 두기 싫다"라고 그녀는 말한다.

그녀를 빵점짜리 엄마라고 할 사람도 있을지 모르겠다. 뭘 몰라도 한참 모르는 어리석은 엄마라고.

앞뒤가 좀 안 맞는 엄마이긴 해도 쇼코는 늘 그녀에게서 필사적인 애정을 느꼈다. 그렇기에 가끔 무뚝뚝하게 굴어도 쇼코는 하나에의 엄마를 좋아했다.

카바레 클럽은 심야에 한차례 문을 닫고 몇 시간 휴식을 취한 뒤 이른 아침에 다시 문을 연다고 한다. 그 이른 시간에도 의외로 손님이 어느 정도 있다고 들었다.

그래도 평소보다 일찍 귀가한 그녀와 교대하고 쇼코는 돌아갈 채비를 했다.

"뭘 좀 사 올까요? 약이라든가."

일단 물어보긴 했지만 완전히 녹초가 된 그녀는 무표정하게 고개를 저었다. 건네받은 봉투에는 규정보다 좀더 많은 1만 5000엔이 들어 있었다. 그 또한 하나에를 향한 애정이라고 쇼코는 생각했다.

"다이치 씨한테 가게에 또 놀러오라고 전해줘요."

"알겠습니다."

하나에가 일어날 때까지 기다리지 못하고 집을 나섰다. 내가 항상 일어나 있어서 좋다고 했는데.

이렇게 술을 마시면서도 그 말이 줄곧 마음에 걸렸다.

'어쩔 수 없는 거잖아. 내가 가족도 아닌데.'

"한 잔 더 하실래요?"

작게 한숨을 내쉬자 여자 주인이 말을 걸어왔다.

"그럼, 이번엔 이사미로 주세요. 온더록스로."

절묘한 타이밍에 말을 걸어와 쇼코는 엉겁결에 주문했다. 대낮에 술을 주문할 때 다른 손님이 많으면 조금 난감한데 이렇게 먼저 말을 꺼내주니 몹시 기쁘다.

'두 잔은 좀 과한가? 그치만 점심이 나한텐 저녁이나 마찬가지니까.'

남아 있던 술잔을 비웠다. 얼음이 녹아서 거의 물에 가까웠다.

그것도 쇼코는 싫지 않았다. 체이서*처럼 깔끔하다.

'이사미는 얼마 전까지 좀처럼 마시기 힘든 술이었는데 요즘은 제법 눈에 띄네.'

그런 생각을 하는 사이, 새 잔이 놓였다. 희석되어 은은해진 술도 좋지만 역시 새 잔을 보면 마음이 춤춘다.

'결국은 뭐, 술이라면 다 좋다는 거잖아.'

소고기랑 밥, 그리고 소스의 일체감을 음미하며 쇼코는 덮밥의 절반을 즐겼다. 소고기 다타키 대여섯 점이 남았다.

그것을 안주삼아 이사미를 마셨다.

식당을 나서자 다이치한테 전화가 걸려왔다.

"오늘도 고마웠다고 요코이 씨한테서 연락이 왔어."

"가게에도 들러달라고 하던데."

"그 말은 이미 들었지. 오늘밤에도 네가 와주면 좋겠대."

"그래?"

"하나에가 열이 안 내려서 일단 예약해두고 싶대. 부탁해."

"응, 고마워."

"그리고 이번 주에 우리 사무실에 얼굴 한번 비춰."

---

* 독한 술에 이어 약한 술이나 음료를 마시는 것. 또는 그 반대.

"알았어."

전화가 끊겼다.

'오늘밤에도 하나에를 만날 수 있겠구나.'

살포시 마음이 놓였다.

다시 스마트폰이 진동했다. 아직 다이치가 용건이 남았나 싶어 화면을 보니 문자메시지였다.

다음달은 아카리네 학부모 참관수업이 있어서 못 만날 것 같아.

전남편의 메시지였다.

마음이 울컥 요동친다. 쇼코는 답장을 하지 않고 스마트폰을 주머니에 찔러넣은 뒤 혼자 사는 집으로 돌아가기 위해 역으로 걷기 시작했다.

두번째 술

양고기치즈버거
나카메구로

메구로강에서 잿빛 새가 헤엄치는 모습이 보였다.

'강 근처에 산다는 건 어떤 기분일까?'

쇼코는 이 강변을 걸을 때마다 늘 같은 생각이 든다. 강변 옆에 사는 것을 동경해서다. 스스로도 충분히 자각하고 있다.

"좋을 것도 없어요. 봄에는 벚꽃놀이 하러 온 사람들로 붐비지, 여름에는 냄새나지."

지난밤 고객이었던 소메노 요는 전에 쇼코의 말을 듣고 위로하는 얼굴로 그렇게 대답했다. 별다른 뜻 없이 그저 대화를 이어가기 위한 화제였을 뿐인데 동정하는 듯한 말을 들으니 쇼코는 자신이 사는 장소도 마음대로 선택할 수 없는 한심한 인간처럼 느껴졌다. 요는 배려가 지나친 나머지 오히려 주변 사람들에게 상처를 주는 면이 있었다. 그 점을 스스로도 알아서 지금의 직업을 선택한 듯했다.

그녀는 전업 주식 트레이더다. 평소에는 거의 집에 틀어박혀 있지만 이따금 지방에서 강연이나 이벤트가 열려 집을 비울 때가 있다. 그때만 쇼코를 부른다. 어릴 때부터 키웠던 열다섯 살된 노견을 위해서다.

"강연 같은 걸 하다니, 유명한 사람이야?"

처음 요의 집에 가기 전, 쇼코가 다이치에게 물었다.

"잘 모르겠는데 주식 블로그를 운영하고 에세이 같은 걸 쓰다 보니 그쪽 업계에서 좀 알려지게 됐대."

"오호, 그렇구나."

"요즘은 쉽게 유명인이 될 수 있으니까."

외출할 때 요는 커다란 검은색 뿔테안경을 쓰고 연한 밀크티색 가발을 착용한다.

변장용, 이라고 본인은 말한다. 큰돈을 굴리기도 하고, 젊은여성이니까 스스로를 보호해야 한다는 이유를 덧붙인다. 하지만쇼코는 요가 제법 미인이기 때문에 그런 거라고 생각한다. 성가신 남자 문제를 애초부터 차단하기 위해서. 작전이 성공적인지는 모르겠지만 나름대로 그 모습도 요에게 잘 어울렸다.

그렇게 조심성 많은 여성이 쇼코 같은 사람을 집에 들인다는 건 다이치네 집안의 신용에서 비롯된 것이 크리라 쇼코는 생각했다. 요와 다이치의 아버지는 경제동우회에서 주관하는 연구회에 함께 참여했다고 한다.

받아둔 열쇠로 요의 집 현관문을 열자 안에서 시추인 모스가 천천히 달려왔다. 천천히 달리는 거라면 걷는 게 아닐까 생각할 수 있겠지만 그렇지 않다. 누가 뭐래도 모스는 분명 달리고 있다. 드넓은 하늘 밑 풀밭을 달리는 기분일지도. 단지 느릴 뿐이다.

"모스."

쇼코가 이름을 부르고 머리를 쓰다듬자 "쿵" 하고 소리를 낸다. 한쪽 눈이 부옇다.

"아무리 치매 증상이 있대도 개를 위해 사람을 고용하는 건 사치라고 생각하실지 모르겠지만요."

처음 이 집에 왔을 때 요는 눈을 위로 크게 뜨고 쇼코의 안색을 살피며 말했다.

"이런 일을 맡겨 죄송하네요."

그녀가 죄송해하면 할수록 어떤 상대는 더 비참함을 느끼고 도리어 원망하는 경우도 있다는 걸 모르는 것일 테다. 요는 정말이지 오해받기 쉬운 사람이다.

"상관없습니다. 그게 제 일인데요. 다른 데서도 반려동물 지킴이를 한 적이 있고요."

쇼코는 실제로도 전혀 신경쓰이지 않았다. 표정도 안 바꾸고 그렇게 말하자 요는 안심한 듯 보였다.

"한밤중에 실수를 하곤 해요. 집에 돌아오면 여기저기 똥오줌이 있어서…… 저는 상관없는데 모스가 꽤나 신경을 써요. 슬픈 얼굴로 말이에요."

"뭔지 알 것 같아요."

"그리고 개는 치매에 걸리면 뒷걸음질을 못하게 되더라고요. 집에 왔더니 방구석에 머리를 박고 그 자리에서 제자리걸음만 해댄 적도 몇 번인가 있고요. 대체 몇 시간을 그러고 있었을지……"

요는 붉어진 눈을 감추려는 듯 시선을 돌렸다.

"밤중에 깨면 화장실에 데려가주세요. 그리고 구석에 머리를 들이밀면……"

"안아서 모스의 침대에 눕히면 되죠?"

쇼코는 아이를 지켜볼 때와 마찬가지로 모스의 케이지가 있는 거실 한쪽 구석에 앉아 불을 껐다. 쇼코에게 적응한 모스는 금세 색색 숨소리를 내며 잠들었다. 쇼코는 독서용 휴대 조명만 켜고 책을 읽었다.

방 하나와 주방이 있는 오래된 집을 리모델링한 곳이다. 화장실처럼 수도가 있는 곳은 연식이 느껴지지만 집이 심플하고 물건이 적어서 깔끔하니 살기 좋아 보였다.

'여러 집을 다니지만, 요 씨의 집이 제일 마음에 들어.'

모스는 한 번 깼다. 화장실에 데려갔다가 물을 마시게 했다. 한동안 킁킁거리며 소리를 냈지만 머리를 쓰다듬어주니 금세 잠들었다.

주위가 밝아지자 모스가 눈을 떴다. 밖에 나가고 싶은지 쇼코의 주위를 서성이기에 목줄을 달고 메구로 강가의 산책로로 데려갔다.

벚나무마다 꽃망울이 보이지만 아직 방긋이 핀 정도는 아니다. 한두 주 지나면 벚꽃 구경꾼들로 가득해질 것이다.

"쇼코 씨는 몇시까지 일할 수 있어요?"

그저께 일을 의뢰받을 때 전화로 들었던 말이다.

"기본적으론 언제까지든 가능해요. 다만 저도 졸리긴 해서요. 대체로 오전 11시까지라 할까요."

"그럼 그 시간까지 꼭 채워서 있어주겠어요? 지난번에 날이 밝고 바로 돌아가서 모스가 쓸쓸했대요."

쓸쓸하다 했다고? 모스가? 소리 내어 말하진 않았지만 쇼코의 생각을 짐작한 모양이다. 후후후후, 요가 웃는 소리가 들렸다.

"저랑 모스는 대화할 수 있어요. 놀라셨나요?"

쇼코는 놀라지 않았다. 동물과 대화가 가능하다고 주장하는 여자는 세상에 많다.

산책을 하고 집으로 돌아와 밥을 먹이니 모스는 이내 잠들었다. 11시가 지났을 무렵, 물을 갈아주고 집을 나섰다. 모스가 현관까지 따라와 측은한 마음이 들었지만 시간이 다 됐으니 어쩔수 없다. 열쇠는 현관문에 달린 우편함에 넣었다.

요의 집이 메구로와 다이칸야마와 나카메구로의 딱 중간쯤이라 쇼코는 나카메구로까지 걷기로 했다.

'맛있어 보이는 식당이 있으면 먹고 가야지.'

메구로 경찰서 부근까지 강변을 따라 걷다가 야마테도리로 빠졌다. 길 양옆으로 띄엄띄엄 식당들이 있다. 중화요리, 인도 카레, 라멘, 스테이크…… 길모퉁이에 세련된 카페 분위기의 가게가 있었다. 칠판으로 된 입간판에 햄버거 그림이 그려져 있다.

맥주 종류도 다양!

'좋은데.'

쇼코는 거의 즉흥적으로 가게에 들어갔다.

원목을 많이 사용한 카페풍 실내에 젊은 여자 점원 둘이 있었다. 햄버거를 팔지만 아메리칸스타일이기보다는 꾸밈 없고 편안

한 분위기다. 원하는 자리에 앉으세요, 라는 말을 듣고 벽 쪽 벤치 자리를 골랐다. 막 문을 연 참이라 쇼코가 첫손님이었다.

'주문은 카운터로 가서 직접 하는 시스템인가?'

어떻게 할지 망설이는데 점원이 물과 점심 메뉴판을 가져왔다. 점심에는 감자튀김이 무료로 제공되는 모양이다.

'이런 정통 버거를 파는 곳에선 보통 아보카도버거를 주문하긴 하는데.'

대부분의 여자들처럼 쇼코도 아보카도를 매우 좋아한다.

하지만 대표 메뉴인 클래식버거 외에도 진저포크나 파인애플 등이 들어간 이런저런 버거가 많아서 눈길이 간다.

클래식이라는 말로 통칭해도 가게마다 스타일이 다양하다. 이곳은 구운 양파를 넣은 그릴드클래식버거에 토마토가 들어가는 듯하다.

클래식버거가 가장 단순한 메뉴인가 했더니 그 밑에 그냥 햄버거도 있다. 여기에는 양파가 빠지고 토마토만 들어간다.

'그 밑의 에그버거라는 건 달걀프라이가 들어간 건가? 그럼 사세보버거* 스타일일지도 몰라.'

---

* 일본 사세보에 들어선 미 해군기지의 관계자로부터 배운 햄버거 레시피가 시초로 알려져 있다. 다양한 재료로 푸짐하게 만든 것이 특징이다.

매콤한 칠리버거도 있다. 베이컨치즈버거도. 그런데……

'양고기버거?'

메뉴판 맨 밑에 양고기라는 글자가 눈에 띄었다. 제일 끝에 있으면서 '우리 가게 추천 메뉴'라고 표시되어 있다.

'양고기버거는 처음 들어보는 것 같은데.'

점심 버거 메뉴를 대강 훑은 뒤 알코올 메뉴를 펼친다.

입구에 쓰인 대로 병맥주 종류가 죽 나열되어 있다. 일본 맥주가 아니라 왠지 세련되고 날렵해 보이는 수입 병맥주다.

'오, 호가든, 코로나, 싱하, 블루문…… 요나요나에일 캔도 있네!'

쇼코는 호가든의 살짝 쓴맛과 산미를 떠올렸다. 양고기랑 어울릴지도 모른다.

가게는 저녁이 되면 바 같은 술집으로 바뀌는지 메뉴에 칵테일과 하이볼*도 있다. 그런데 자세히 보니 병맥주가 아니라 원통형 술통에서 따라 내는 브루클린라거라는 게 이곳의 추천 맥주인 듯하다. 풍미가 깊어 버거와 궁합이 탁월합니다. 라고 적혀 있다.

'브루클린라거는 처음인데. 좋아, 이걸로 하자. 1파인트짜리

---

* 위스키나 브랜디에 소다수와 얼음을 넣은 것.

랑 소형잔이 있구나…… 1파인트는 양이 꽤 될 텐데. 다 마실 수 있을까.'

"주문하시겠어요?"

인상이 산뜻한 점원이 주문을 받으러 왔다.

"양고기치즈버거랑 브루클린라거 1파인트 주세요."

'주문했다. 결국 주문해버렸어. 기세 좋게 말이지.'

점원이 '대낮부터 1파인트라고요?' 같은 표정을 짓지 않고 싱 긋 웃으며 고개를 끄덕여줘 기분이 좋았다.

곧장 주방에서 치익 하고 패티를 굽는 듯한 소리가 들렸다. 감 자를 튀기는 소리도.

'이 소리만으로 한 잔 마시겠어.'

먼저 맥주가 나왔다.

역시 크다. 1파인트가 500밀리리터 정도니까 보통 생맥주와 비슷할지 모르지만 거품이 적은 만큼 양이 더 많아 보인다. 호박 색을 띤, 일본 맥주보다 훨씬 맛이 깊은 맥주다.

'머리가 띵할 정도로 차가운 생맥주도 좋지만 가끔 이렇게 거 품이 적은 맥주도 마시고 싶단 말이지.'

한 모금 호로록 마신다. 상당히 쌉쌀하다. 쓴맛이 강하다.

'이거 좋은데. 양고기버거랑 잘 어울릴 것 같아.'

생각보다 빨리 버거가 나왔다. 장방형 접시 옆에는 가느다란 감자튀김이 수북이 담겨 있다.

"햄버거용 봉투가 있으니 그걸로 싸서 꽉 눌러 드세요."

점원이 가리킨 쪽을 보니 쇼코가 냅킨이라고 생각했던 게 봉투 형태의 종이였다. 두툼한 버거는 꼬치로 고정되어 있었다. 쇼코는 꼬치를 빼고 버거를 종이에 싸서 눌렀다. 그 모든 행위가 아주 살살 조심스레 이루어졌다.

'손이 가고 번거로운 게 더 맛있을지도. 만드는 과정에 내가 참여한 기분이 드니까.'

종이봉투를 열어 한입 베어 문다. 맛이 진하고 든든함이 느껴지는 버거다. 특유의 냄새가 어렴풋하면서 확실히 양고기 맛이 난다. 심상치 않은 양의 육즙이 흘러내린다.

'봉투가 없었으면 손에 다 묻었겠는걸. 이거 맛있다. 브루클린 라거에 아주 잘 어울리겠어.'

쇼코는 얼른 잔을 들고 꿀꺽꿀꺽 맥주를 들이켰다.

"딱이야."

맥주와 버거의 조합이 매우 좋아서 얼떨결에 말이 나왔다.

한참을 숨도 안 쉬고 버거, 맥주, 버거, 맥주, 가끔 감자튀김, 맥주를 반복했다.

'버거는 이래야지. 아무 생각 없이 우격우격 먹고 마시고.'

버거를 반쯤 먹었을 무렵 테이블 위에 노란색 용기가 놓여 있는 게 보였다. 하인즈의 머스터드였다.

'고기랑 머스터드는 궁합이 좋지. 파리의 한 카페에서 스테이크와 감자칩을 먹을 때도 리옹의 머스터드가 곁들여져 맛있었으니까.'

어디, 미국 머스터드 맛 좀 볼까? 쇼코는 버거에 조심스레 소스를 뿌린다.

'산미가 강하고 매콤함은 거의 없네. 리옹의 머스터드와 똑같다. 맛있어.'

감자튀김에도 어울리겠다 싶어 접시 끝에 짜놓는다. 감자튀김을 찍어 먹으니 색다른 맛이 나서 맥주도 술술 넘어간다.

정신을 차리고 보니 순식간에 맥주는 삼분의 일 정도만 남아 있다.

'다 못 마실까봐 걱정했던 사람이 누구더라.'

쇼코는 남은 버거를 먹으면서 메뉴판을 펼쳤다.

'저녁에는 피시앤드칩스랑 프라이드치킨도 있구나. 오, 양갈비를 통째로 튀긴 램커틀릿이라는 것도 있고, 상당히 매력적인 곳이야. 다음엔 저녁에 와볼까.'

정오가 넘어가자 근처의 회사원으로 보이는 사람들이 하나둘 들어왔다. 테이크아웃도 가능하고 외국인도 많다. 쇼코는 가게 뒤쪽에 외국계 전자회사가 있다는 사실이 생각났다.

'낮부터 술을 마셔도 아무도 신경 안 쓰는 게 마음에 드는 곳이야.'

"다음달 토요일은 아카리네 학교에서 학부모 참관수업이 있어 쉬는 날이 아니니까 만나는 건 그다음 달이네. 날짜가 가까워지면 연락할게."

첫번째 토요일이 안 되면 일요일이나 그다음 주 토요일이라도 가능하느냐고 쇼코가 물어보려는데 전남편은 바로 전화를 끊었다.

전화를 다시 걸까 생각했지만 결국 하지 않았다.

'어머니의 의사가 작용했을 수도 있고, 다른 일정이 있는 걸지도 모르고, 아카리의 생각인지도 모르니까.'

이럴 때 한번 더 밀어붙이지 않아 지금 같은 상황이 됐다는 걸 알면서도 쇼코는 그렇게 할 수 없었다.

쇼코가 전남편 스기모토 요시노리를 만난 건 전문대 졸업 후 도쿄로 와 취직한 지 이 년째인 스물두 살 때였다. 친구와의 술자리라는 명목의 만남이었고, 남녀가 세 명씩 모인 비교적 차분한 모임이었다.

"나 같은 아저씨가 이런 자리에 와서 면목이 없네요."

서른 살인 요시노리가 진심으로 미안하다는 듯 말하는 모습에 쇼코는 호감이 갔다. 게다가 그와는 소소하지만 확실한 공통점이 몇 가지 있었다. 쇼코는 건설회사에, 스기모토는 전자회사에 다녔고, 사는 동네는 각각 다이타와 메이다이마에로 같은 세타가야구區였다. 그래선지 둘은 대화가 잘 통했고, 몇 번의 데이트 후 섹스를 했다.

지극히 평범했던 만남이 극적으로 변한 건 그때였다. 장소는 시부야의 러브호텔이었고, 그곳에 비치된 피임기구를 사용하다가 도중에 찢어지고 만 것이다.

그 한 번의 비범한 경험으로 쇼코는 임신했다.

서로 어렴풋이 호감을 느끼고 있었고 앞으로도 계속 사귈 거라는 마음은 있었다. 하지만 그 사건은 둘에게 지나치게 이른 결단을 내리도록 강요했다.

"쇼코의 감정에 따를게."

요시노리는 다정하게 말했지만 실은 몹시 당혹스러운 게 분명했다. 쇼코도 일을 시작한 지 얼마 안 돼 아무 기량을 갖추지 못한 상태였다. 회사를 다니면서 인테리어나 부동산 자격증을 따고 싶다는 생각도 했다. 남성 중심의 업계라 출산휴가를 얻어 계속 일한다는 건 실질적으로 거의 불가능했다.

그럼에도 쇼코와 요시노리가 결혼과 출산을 택한 건 지나치게 평범하고 상식적이었기 때문인지도 모른다.

쇼코는 산부인과 수술대 위에 오르는 인생을 생각해본 적이 없었고 그건 요시노리도 마찬가지였다. 다만 요시노리는 서른을 넘기고 슬슬 결혼하고 싶다는 약간 긍정적인 의사가 있었다.

작고 어린 생명을 죽일 수 없다는 고상한 생각은 아니었고, 서로를 사랑한다는 자각도 없이, 둘은 상대를 거의 알지 못한 채 결혼하고 아이를 낳았다.

요시노리의 부모님은 세타가야구에 집을 한 채 소유했었는데, 요시노리가 이십대 후반이 되기 전 그의 이름으로 대출을 받아 2세대주택*을 지은 상태라 그대로 함께 살기로 결정했다.

퇴직, 결혼, 출산, 동거. 인생의 큰 변화들을 잘 극복했다며 주위 사람들은 쇼코를 칭찬했지만, 진정한 고뇌가 찾아온 건 오히려 그후였다……

"호가든 주세요."

쇼코는 옆자리를 치우러 온 점원에게 말했다.

"네."

점원이 웃는 얼굴로 대답해줘 마음이 놓였다.

병맥주가 유리잔과 함께 나왔다. 쇼코는 맥주를 잔에 따르지

---

* 주거 공간을 분리해 두 가정이 독립적으로 생활할 수 있도록 설계한 주택.

않고 그대로 병에 입을 대고 마셨다. 입에 닿은 동그란 유리병에서 가벼운 산미가 감도는 액체가 흘러나왔다.

"엄마, 다음엔 언제 만나?"

지난달 아카리가 마지막으로 했던 말이 잊히지 않는다.

집으로 돌아가고 싶지 않다.

나카노사카우에역에서 걸어서 팔 분 거리에 있는 원룸 아파트.

그곳에는 작고 희미한 어둠이 기다리고 있다.

집에 돌아가면 빈틈없이 커튼을 치고 침대로 들어가 잠을 청할 뿐이다.

한순간에 잠들지 못하면 현실이 쇼코를 붙들고 놓아주지 않는다.

괴로운 건 자신이 처한 환경이나 운명이 아니다. 그건 상관없다. 쇼코가 가장 괴로운 건 자신이 다른 사람에게 상처를 주고 있다는 사실이다. 다른 사람을, 무엇보다 자신의 아이를 힘들게 하고 있다는 게 괴롭다.

그래서 더 흠뻑 취하고 싶다.

일 분 일 초라도 더 이곳에 있다가 집에 돌아가면 그대로 잠들고 싶다.

새 술은 이곳에 좀더 머물 수 있게 해주는 면죄부다.

결코 여유로운 형편도 아니고 저축도 해야 한다. 그래서 일을 마치고 돌아갈 때 말고는 집밥으로 절약한다. 낮술이 쇼코의 유일한 사치다.

부탁이에요. 저를 조금만 더 여기에 있게 해주세요.

쇼코는 식어버린 버거와 감자튀김을 마지막으로 입에 넣고 맥주를 삼켰다.

세번째 술

회전 초밥
마루노우치

마루노우치선 열차를 타고 도쿄역에서 내려 개찰구를 나오자마자 쇼코는 기지개를 쭉 켰다.

'마루노우치에 오는 것도 오랜만이네.'

직장인 시절에는 마루노우치에서 일했지만 결혼하고 아이가 생긴 뒤로 이 역을 거의 이용하지 않았다.

지난밤 근무지가 오차노미즈였기 때문에 마루노우치선을 타면 한번에 집으로 돌아갈 수 있다. 집이 있는 나카노사카우에역에서 뭐라도 먹고 들어갈 생각이었는데 "이번 역은 도쿄, 도쿄" 하는 방송을 들으니 왠지 내리고 싶어졌다.

'요즘 도쿄역에 맛있는 도시락집이 많다고 하니까.'

조금 호화로운 도시락을 사서 집으로 가 맥주를 마시고 잘까 싶었다.

다이마루 백화점과 지하상가의 도시락집들을 보고 있자니 이것도 저것도 다 맛있어 보여 사방으로 눈길이 갔다.

'일본은 맛있는 게 너무 많단 말이지.'

그 순간, 홋카이도의 회전 초밥 체인점이 쇼핑몰 '깃테' 안에 생겼다는 소식이 문득 떠올랐다. 쇼코는 예전에 삿포로점에 가본 적이 있다. 인기가 많아 늘 붐빈다고 해서 마루노우치점에는 지금껏 방문한 적이 없었다. 스마트폰으로 검색해보니 오전 11시에 문을 여는 듯하다. 시계를 보니 10시 45분이다.

'지금이면 개점과 동시에 줄 서지 않고 들어갈 수 있을지도 몰라.'

쇼코는 거의 반사적으로 달려나갔다.

깃테, 예전 도쿄중앙우체국이었던 이곳은 쇼코가 좋아하는 건물이었다. 밖에서 보면 고개를 젖히고 올려다봐야 할 정도로 높지만, 지하에서 지상 6층까지인 상가 구역은 너무 넓지도 않고 천장이 개방된 구조다. 느긋하면서 아늑한 느낌이 좋다. 도쿄대 소장품을 전시중인 무료 입장 박물관도 흥미롭다.

11시가 조금 안 되어 식당 앞에 도착해서 쇼코는 크게 놀랐다.

이미 사람들이 줄을 서 있었다. 자신은 혼자니까 어떻게든 들어갈 수 있을 듯해 서둘러 줄을 섰다.

'전에 사치에도 이곳을 추천한다고 말했던 것 같아.'

높게 탁 트인 천장에 달린 거대한 샹들리에를 보며 쇼코는 생각했다.

사치에는 중학생 때부터 친한 친구이고, 지금은 외국계 기업에서 비서 일을 하고 있다.

업무 특성상 해외에서 오는 손님을 안내하고 접대하는 일이 많은데, 그다지 부담스럽지 않은 상대라면 깃테의 일식집에서 식사하고 공예품점을 둘러보는 걸 제일 좋아한다고 그녀가 얘기해줬다. 섬세하게 수작업한 일본제 공예품을 보면 환호성을 지른다고 말이다.

쇼코가 이혼한 뒤 제일 먼저 연락해와 한동안 자신의 집에서 살게 해준 사람이 사치에였다.

그런 기억을 떠올리는 사이에 식당이 문을 열었고 쇼코는 곧장 카운터석으로 안내받았다. U자형 회전 레일 한쪽의 4인석에는 세 명 이상의 손님을 안내하고 있었다. 손님들 대부분이 해외에서 온 관광객인 듯했다. 쇼코의 양옆도 외국인이었다. 한쪽은 미국인으로 보이는 비즈니스맨이고, 다른 한쪽은 중국인 부부였다.

'확실히 외국인이 많네. 왠지 뉴욕의 초밥집에 온 것 같아. 가본 적은 없지만.'

쇼코는 메뉴를 보면서 찻잔과 간장 종지를 준비하고 뭘 마실

지 생각한다.

'생맥주, 하이볼…… 찬술 기타노카쓰, 본고장 네무로의 유일한 특산주라. 이거 괜찮네.'

"여기요. 기타노카쓰 한 병 주세요."

지나가는 여자 점원에게 주문한다.

"네, 잔은 몇 개 드릴까요?"

"한 개면 돼요."

"손님, 짐을 저희가 보관해드릴까요?"

쇼코의 커다란 짐을 알아챈 점원이 신경을 써주었다. 여행객이 많은 곳이라 익숙한 일이리라.

"아, 네. 부탁드려요."

쇼코는 짐을 맡기고 메뉴를 보았다.

'유자소금맛 오징어귀라니. 청주에 잘 어울릴 것 같아. 이거랑, 모처럼이니 홋카이도 음식다운 걸 먹고 싶은데.'

칠판에 손으로 직접 쓴 식당 내부의 메뉴에 눈길이 간다. 새빨간 꽃게 그림이 그려져 있다.

'오, 하나사키게를 넣은 미소시루. 하나사키를 도쿄에서 먹어보긴 처음이네.'

하나사키는 네무로에서 어획해 그 지역 밖으로는 납품하지 않는 귀한 게다.

"여기요. 유자소금맛 오징어귀, 연어, 하나사키게 미소시루 주세요."

연어는 어디에나 있지만 홋카이도 초밥집에서 먹는 건 각별한 기분이 든다.

초밥을 주문함과 거의 동시에 찬술이 나왔다.

"찬술 나왔습니다. 이건 찬술용 잔입니다."

"고맙습니다."

유리로 된 술잔과 호리병 모양의 큼직한 술병. 두 홉은 충분히 될 듯했다.

당연히 손수 술을 따라 한 모금 입에 머금어본다.

'좋은 술이야. 산뜻하면서 깔끔한 감칠맛이 있어 초밥에 잘 맞아. 무엇보다 양이 많고.'

초밥 장인이 오징어귀와 연어 초밥을 건네줬다.

뭘 숨기겠는가, 쇼코는 오징어를 좋아했다.

"쇼코는 돈이 별로 안 들어서 좋다니까."

신혼 무렵에 딱 한 번 홋카이도를 여행한 적이 있는데 그때 이 식당의 삿포로점에 갔었다. 오징어를 먹고 있는 쇼코의 귓가에 그가 그렇게 속삭였다. 그와의 달콤한 추억은 그 정도다. 그 일을 떠올린 것만으로 귀가 간질간질한 듯, 골치가 아픈 듯 복잡한 생각에 쇼코는 얼굴이 붉어졌다.

이미 임신 안정기에 접어들었을 때였다. 그게 전남편과 단둘이 했던 유일한 여행이었다. 신혼여행이라 할 순 없고 단지 오비히로에 사는 쇼코의 아버지에게 인사하러 가는 여행이었다. 임신과 결혼이 너무 빨라 식도 올리지 않았다.

'우아, 오징어 때문에 벌써 몇 년이나 잊고 있던 일이 생각나버렸어.'

쇼코는 앞에 놓인 초밥을 바라보았다.

'후각과 마찬가지로 미각도 기억을 예민하게 만드는 걸까?'

얼른 연어 초밥을 한입 가득 넣었다. 연어회가 큼직해서 섬세한 오징어와 정반대로 야성적인 감칠맛이 입안에 퍼졌다.

그날, 삿포로에서 전철을 타고 오비히로에 내린 쇼코 부부를 위해 아버지가 차로 마중을 나왔다. 아버지는 농업협동조합에서 근무했다. 혼인신고를 하기 직전에 남편과 도쿄에서 한번 만난 이후로 처음이었다. 남편이 허리를 깊이 숙여 인사했는데, 그 이상으로 땅에 닿을 만큼 고개를 숙인 건 아버지였다.

"아무 준비도 못해서."

내 남편이 된 사람은 올라탄 봉고차 안에서 신기하다는 듯 두리번거리며 주변을 둘러보았다. 쇼코는 그저 운전하는 아버지의 등을 바라볼 뿐이었다.

"네무로 꽁치 주세요. 그리고 고등도요."

'마지막으로 고향에 갔을 때 아버지가 고둥을 삶아주셨지.'

"운전할 줄 알아?"

지난밤 고객인 오사나이 마나부의 어머니 모토코는 외아들이 일하러 나가자 갑자기 쇼코에게 몸을 돌리더니 그렇게 물었다. 홋카이도에서는 운전면허가 없으면 생활이 불가능하다.

"일단 할 수는 있는데요."

그러자 그녀가 전화기 옆 작은 서랍장에서 차 키를 꺼내 던졌다. 쇼코는 허둥지둥하다 탁 하고 키를 받아냈다.

"그럼 나가자."

"어디로요?"

쇼코가 한 달 전 이 집에 왔을 때 방에 틀어박혀 거의 말도 않던 모토코가 먼저 말을 걸어준 건 기뻤다. 그런데 아들이 옆에 있을 때는 멍한 눈으로 가만히 창밖만 바라보다가, 그가 문을 쿵 닫고 나가자마자 전원이 켜진 전동인형처럼 활기차게 움직이는 모습은 당황스러웠다.

"마나부 씨가 밖에는 나가지 않게 해달라고 하셔서요."

의뢰인의 지시는 절대 어기지 않겠다고 다짐했거니와 다이치한테도 강력하게 주의를 받은 터였다. 타인의 영역에 너무 깊이 들어가지 않는다는 것도 쇼코 스스로 정한 규칙이었다.

그래서 무척 망설였다.

"그 말은 나 혼자 나가지 말라는 거 아닐까?"

마나부는 독신이고 근처 출판사에서 근무한다. 월간지 편집장이라 한 달에 한 번 잡지 발행을 앞두고 최종 교정을 볼 때가 오면 밤새 집을 비워야 하는 듯했다.

"알츠하이머병이라는 말씀인가요?"

그와 처음 만난 건 진보초의 카페였다. 어떤 사람인지 만나보지 않고 어머니를 맡길 수 없다고 해서 약속을 잡았던 것이다.

"뭐, 면접 같은 거지."

다이치는 그렇게 해석했다.

예민한 사람이면 곤란하겠다 싶었는데 편집장이라는 직함에서 쇼코가 상상했던 것과 달리 부드러운 말투로 그는 설명했다.

"평소처럼 얘기하고 표정이 밝을 때도 있지만 무표정으로 멍하니 계실 때도 있어요. 갑자기 본인이 있는 장소가 어딘지 모르기도 하고요. 특히 길 찾기나 돈 계산 같은 일이 좀."

보통 마나부는 일이 끝나면 곧장 집으로 가 어머니가 만들어준 밥을 먹는 게 일과인 듯했다. 최종 교정 때만 아무래도 하루이틀 밤샘을 한다. 최근에는 어머니가 혼자 외출했다가 타워형 아파트인 집으로 못 돌아온 적이 연달아 있었다고 한다.

"학교를 졸업하고 무슨 일이 있어도 영어 공부를 하고 싶다며 홀로 시골에서 도쿄로 온 분이에요. 그런데 알츠하이머병이라니."

지금은 약물로 진행을 늦추고 있어요, 라는 말과 모순되게 그의 말투는 냉정했다.

"어머니 방에는 안 들어가면 좋겠어요. 굉장히 싫어하셔서 저도 안 들어가고 있거든요. 청소 같은 건 직접 하시니까 괜찮습니다."

실제로 지난달 방문 때 모토코는 자기 방에 틀어박혀 있었고, 쇼코 혼자 주방에서 아침을 맞았다. 모토코가 새벽녘에 화장실에 가려고 나왔을 때만 얼굴을 마주쳤다.

"깨어 있네."

"네."

주고받은 말은 그것뿐이었다.

"어디로 갈까요?"

쇼코는 안전벨트를 매면서 다시 한번 물었다.

마나부의 차는 노란색 소형 오픈카였다. 과연 돈 많은 독신의 차답다고 쇼코는 생각했다.

"홈센터*에 가고 싶어. 되도록이면 큰 데가 좋아. 원예용품을 잘 갖춰놓은 곳."

---

* 일용잡화나 주택설비용품을 판매하는 일본의 소매점.

그런데 이 집에 식물 같은 건 없던데, 라고 생각하며 쇼코는 다시 말했다.

"이 부근에는 별로 없겠네요. 대형 홈센터는 주로 교외에 있으니까요. 24시간 영업하는 곳이 아니면 지금 시간에 문도 안 열었을 테고."

"알아서 해줘."

쇼코는 스마트폰으로 검색해서 아다치에 있는 홈센터를 찾아냈다.

"여기는 어떠세요? 사진이랑 지도상으론 상당히 규모가 크네요. 원예 매장도 있는 것 같아요."

대형 주차장이 있고 파친코, 유니클로, 프랜차이즈 카페, 선술집, 소비자금융사 등이 같은 부지에 있었다.

"나는 몰라, 알아서 해줘."

"수도고속도로로 단번에 통과해서 갈 거예요."

생각지도 못한 한밤의 드라이브였다. 모토코는 신기하다는 듯 야경을 바라보았다. 쇼코는 그 옆모습만 보고 아무것도 짐작할 수 없었다.

홈센터에 도착하자 모토코는 곧장 원예 매장으로 걸어갔다. 쇼코는 그 뒤를 따라갔다.

모토코는 매장을 대강 훑고는 정면에 놓인 화사한 화분에는 눈길도 주지 않고 매장 옆 쓰레기 버리는 곳 주변을 어슬렁댔다.

"저기…… 매장은 저쪽인데요."

쇼코가 말을 걸자 그녀는 뒤를 돌아 힐끗 노려보더니 매장 안으로 들어갔다. 그러고는 흙과 비료가 놓인 곳으로 향했다.

"아아. 꽃이나 채소 모종은 밖에 있고 원예용품은 매장 안에 있네요."

쇼코의 말에 모토코는 아무 대답 없이 소박한 질그릇 화분을 손에 들고 쪼그려앉아 여러 각도에서 이리저리 살핀다. 쇼코는 더이상 말을 걸지 않고 그저 뒤에서 바라보았다.

"이거 좋다."

모토코는 질그릇 화분 중에서도 얇으면서 특히 허술하고 저렴한 것을 지긋이 쳐다보며 한숨 섞인 목소리로 중얼거렸다. 그러고는 그중 몇 개를 가리켜 "이거"라고 쇼코에게 말했다.

"사시려고요?"

쇼코가 묻자 모토코가 고개를 끄덕였다. 쇼코는 장바구니를 들고 와 화분들을 조심스레 담았다. 그 화분들 옆에는 세련된 이탈리아제 화분도 다양하게 진열되어 있었다. 그것들은 질그릇이 아니라 테라코타라 하는 모양이다. 모토코는 그쪽에 눈길도 주지 않고 일어섰다.

그다음 모토코는 건조시킨 물이끼와 비료 따위를 또 손가락으로 가리키며 "이거" 하고 골랐다.

"이제 됐어."

바구니가 가득차자 모토코는 그렇게 말하며 고개를 끄덕여 보였다. 쇼코는 만일의 상황을 대비해 마나부에게 받아두었던 지갑에서 돈을 꺼냈다.

집으로 돌아가는 차 안에서 모토코는 만족스러운 듯 숨을 돌렸다.

"즐거웠어. 고마워."

"그게 제 일인 걸요."

대답은 그렇게 했지만 고맙다는 말을 듣는 건 기뻤다.

"일?"

모토코가 고개를 갸웃거리며 물었다. 쇼코가 거기 있다는 걸 이제 알았다는 듯이.

"네. 여기 있으면서 모토코 씨를 지켜봐드리는 게 제 일이에요."

"마나부네 회사 사람이야?"

"아니요."

"마나부네 회사 사람인 줄 알았어."

"아닙니다. 마나부 씨에게 고용된 지킴이예요."

"그랬구나. 마나부한테 들었는데 깜박 잊고 있었어. 아쉽네. 마나부가 회사에서 어떻게 지내는지 말해달라고 할 생각이었는데."

그러더니 그녀는 쿡쿡 웃었다.

"나이를 먹을 만큼 먹은 아저씨가 됐어도, 부모는 부모고 자식은 자식이라니까. 당신, 자식은 있어?"

"……네."

"어머나, 그럼 미안하게 됐네. 아이가 있는 엄마를 오게 해서."

"괜찮습니다."

"아이는 지금 어떻게 있어?"

"……아마 아이 아빠와…… 할머니와 함께 있을 거예요."

"어? 그럼, 결혼은?"

"……아뇨."

"헤어졌어?"

"네."

모토코가 쇼코 쪽으로 기울었던 몸을 급히 정면으로 돌렸다.

"미안해요. 요즘은 이런 거 너무 물어보면 안 되는 건데 말이지. 아들한테도 주의를 받았는데. 사람은 저마다 사정이 있는 거라고. 그런데 당신은 꽤 평범하고, 굳이 말하자면 참해 보여서. 예쁘기도 하고."

쇼코는 아무 말 없이 운전했다. 참하고 예쁜 여자는 이혼하지 않는다는 법도 없는데, 하고 마음속으로 살짝 반발하면서.

"전에는 아들이 친구나 회사의 후배 직원들을 집에 곧잘 데려왔어. 나도 요리하는 걸 꺼리지 않아서 잘 대접했지. 그런데 내가 젊은 여자애한테 왜 결혼 안 하느냐고 물은 다음부터는 안 데려오더라고."

모토코가 쓸쓸히 웃었다. 하지만 쇼코 생각에 마나부가 그렇게 한 데는 다른 이유가 있는 것 같았다.

"늘 실수를 한다니까, 매번."

"……결혼이라는 걸 잘 몰랐던 거죠."

쇼코는 의기소침하게 조수석에 앉아 있는 모토코의 모습을 보자 자연스레 말이 나왔다.

"아이가 생겨서 결혼했는데, 결혼은 남녀의 결합이 아니라 가족의 결합이라는 걸 잘 몰랐어요."

결혼 전에 임신했다며 찾아온 아들의 약혼자를 그 어머니, 즉 전 시어머니는 도저히 받아들일 수 없는 듯했다.

"아이를 낳기로 한 이유를 분명하게 얘기했으면 좋았을지도 모르죠. 하지만 잘 설명이 안 됐어요. 시어머니가 나쁜 사람은 아니었어요. 하지만 아들이 꼬임에 넘어간 게 아닐까 하는 생각을 도저히 떨칠 수 없었나봐요."

모토코는 아무 말이 없었다. 그녀가 자신의 말을 이해했을까 생각하다 이해해주지 않아도 상관없었기에 쇼코는 말을 이었다. 알츠하이머병이라 일컬어지는 모토코의 증상이 지금은 오히려 고마웠다.

"시부모님과 같이 살았는데 며칠마다 시어머니의 화가 폭발했어요. 아주 차갑게 구실 때가 있었어요. 그래도 나쁜 분이 아니라 제게 금방 미안해하고, 그다음엔 오히려 착 달라붙어 살갑게 대했죠. 그래서 한시름 놓고 있으면 갑자기 또 냉담해지고. 그런 일의 반복이었어요. 언제 기분이 언짢아질지 모르니 저는 늘 신경이 곤두섰고 너무 무서워 견딜 수 없었어요."

남편에게 넌지시 얘기해봤지만 잘 이해하지 못하는 듯했다. 남편에게 어머니는 줄곧 다정하고 현명한 이상적인 여성이었으니까. 시어머니가 쇼코의 친정을 들먹이며 "가난한 시골집 딸이라 눈치가 없어" 하고 막말했던 일을 하소연해도 그는 도저히 이해하지도 믿지도 못하는 눈치였다.

"게다가 저희 부부의 분위기를 보고 서로 열렬히 사랑해서 결혼한 게 아니란 사실이 은연중에 느껴졌겠죠. 아들이 아내에게 사랑받고 있지 않다는 점도 시어머니의 분노와 불안의 원인이었던 것 같아요."

"조금은 알 것 같아. 나도 아들 가진 엄마니까."

멀쩡하다. 어쩌면 모토코는 뭐든 알고 있을지 모른다.

"그런데 정말로 문제였던 건 시어머니가 아니었어요. 근본적인 원인은 역시 저희 부부의 관계에 있었죠. 그런 여러 문제에 대해 대화하고 서로 부딪쳐가며 해결해나갈 힘이 없었어요. 그렇게까지 상대를 필요로 하지 않았고 관계를 구축하지도 못했으니까요."

거기까지 얘기했을 때 도쿄돔이 보이기 시작했다. 쇼코는 입을 다물었다.

"왜 아이를 두고 왔어?"

"그 얘기는 다음 기회에 해드릴게요. 또 불러주시면 그때."

"어머나."

모토코가 처음으로 큰 소리로 웃었다.

"수완이 좋네."

모토코가 산 원예용품은 그리 무겁지 않았지만 부피가 컸다. 쇼코는 양손 가득 짐을 들고 모토코와 함께 엘리베이터를 탔다. 짐은 현관에 두었다. 집안에 들어가자 모토코는 코트를 벗더니 곧장 쇼코의 손을 잡았다.

"좋아, 보여줄게."

그러고선 그대로 모토코의 방 앞에 섰다.

"아들한테는 비밀이야."

모토코가 문을 열었다. 쇼코는 "와아" 하고 작게 소리를 질렀다.

난초였다.

진홍색, 흰색, 분홍색, 노란색, 주황색…… 각양각색의 호접란이 방안에 빽빽이 놓여 있었다. 모토코의 침대 주변은 관혼상제를 치를 때처럼 온통 난으로 메워져 있었다. 은은하고 달콤한 풋내가 방안을 가득 채웠다.

"이걸 어떻게."

모토코가 아름다운 분홍색 대형 화분을 하나 집더니 "줄게" 하며 쇼코에게 내밀었다.

쇼코는 유자향이 나는 오징어를 집으면서 점원이 식당 한구석에 놓아둔 난초 화분을 돌아보았다.

"이렇게 비싼 건 받을 수 없어요."

그 순간 쇼코는 뒷걸음질치듯 사양했으나 모토코가 한사코 밀어붙여 끝내 거절할 수 없었다.

"비싼 거 아니야. 어차피 이거 다 버리는 거였으니까."

시작은 아들이 회사에서 축하용으로 받아온 호접란이었던 모양이다.

"다들 키우는 방법을 모르더라고. 아들도 꽃이 지면 쓰레기라고 여겨서 버리려 하니까."

모토코의 설명에 따르면, 호접란은 대개 유약을 바른 화분이나 플라스틱 화분에 꽉 차게 심겨 뿌리가 지나치게 번성해서 시든 것처럼 보일 뿐이라고 한다. 화분에서 꺼내 수명이 다 된 물이끼를 제거하고 썩은 뿌리를 자른 다음, 다시 새 물이끼와 함께 얇은 난초용 질그릇 화분에 옮겨 심어주면 제대로 해를 넘긴다.

"아까 산 건 난초용 화분이었어. 난에는 호화로운 도자기보다 값싼 질그릇 화분이 제일 좋거든."

모토코의 친정은 사이타마의 화훼농가 근처였다. 과거 그곳에서 재배법을 배웠다고 한다.

이쪽으로 이사온 뒤로 동네를 산책할 때마다 개업 축하용이나 유흥업소 여성에게 선물로 갔다가 제대로 물도 못 먹고 버림받은 난초들을 발견한 것이다.

"꽃집에서도 한창때가 지난 꽃은 버려지잖아. 그런 걸 주워서 키웠더니 이렇게 돼버려서."

"왜 아드님께는 비밀로 하시는 거예요?"

"그애는 뭐든 쉽게 버리는데다, 남이 버린 물건을 주워 왔다고 화를 낼 테니까."

만개한 난초들 가운데서 모토코가 미소를 지었다.

'저걸 집에 가져가서 키워야 하는 건가……'

다시 한번 돌아봐도 호접란은 거기에 있었다. 화려한 자태로 100엔짜리 화분을 두르고.

'아아, 귀찮은데.'

쇼코는 한숨을 뱉자마자 화분을 짊어지고 집으로 돌아가야 할 자신의 모습이 떠오르면서 몸속에서 뭔가가 터져나오는 걸 느꼈다. 큭큭큭, 소리를 내 웃고 말았다.

"뭐 드릴까요?"

자신을 불렀다고 생각했는지 초밥 장인이 이쪽을 돌아보았다.

"죄송해요. 부른 거 아니에요. 아, 그럼…… 가리비 초밥 주세요."

그가 사라진 뒤에도 웃음은 그치지 않았고, 쇼코는 주위에서 이상하게 쳐다보고 있다는 걸 알면서도 계속 몸을 들썩거렸다.

네번째 술

생선구이 정식

나카노

혼잡한 나카노역 북쪽 출구, 쇼코의 고용주이자 동창생인 가메야마 다이치가 "왔어?"라고 말하듯 턱을 까닥여 신호를 보내고 걷기 시작했다.

　　그런 무뚝뚝한 인사에 적응된 쇼코도 말없이 따라 걸었다.

　　"다음달에도 예약이 잡혔어."

　　다이치가 돌아보지도 않고 말했다.

　　"어디?"

　　"거기, 오차노미즈 노부인 댁."

　　"아, 잡지 편집장님네 말이야?"

　　평가가 괜찮았던 모양이다. 그제야 다이치가 살짝 뒤를 돌며 씩 웃었다.

"점심 먹을 식당은 정한 거야?"

"어어."

"거기 술은 마실 수 있어?"

다이치는 대답하지 않는다.

"마실 수 있는 곳이 좋은데."

"마시지 마. 대낮부터."

"밥 먹고 집에 가서 잘 거니까 나한테는 저녁이나 마찬가지란 말이야."

둘은 북쪽 출구에서 이어지는 아케이드식 상가인 '선몰'을 단숨에 가로질러 빠져나간다.

"뭐 먹을 거야?"

"생선구이로 할까?"

"또?"

다이치는 생선을 좋아한다. 그중에서도 맛있는 생선구이라면 눈이 뒤집힌다.

"그럼, 거기?"

쇼코가 곧장 떠올린 곳은 저녁에 선술집으로 바뀌는 로바타야키* 식당으로, 중앙에 커다란 화로가 있다. 점심에도 저녁에도 몇

---

* 고기, 생선, 채소 등을 즉석으로 화로에서 구워주는 요리.

번인가 다이치를 따라갔었다. 항상 사람이 많아 점심에도 정오가 되기 전에 줄이 늘어서기 때문에 다이치가 "11시경에 무조건 와"라고 무턱대고 강조했던 것도 납득할 수 있다.

"어어."

또 그 집이야, 하는 말은 도로 삼켰다.

다이치와 쇼코는 초등학교 때부터 동창이다. 다이치네는 홋카이도 동부에서 대대로 내려오는 정치가 집안으로, 할아버지는 장관을 지낸 적이 있고 친척 중에도 시의원이나 도의원이 많다.

다이치의 아버지는 정치를 싫어해 도쿄에서 사업을 시작했는데 회사에 틀어박혀 가정을 돌보지 않았다. 결혼 전 오비히로의 번화가에서 직장을 다녔던 어머니는 점점 그런 남편에게 불만이 쌓여갔고, 다이치가 초등학생일 때 그 지역에 작은 술집을 열었다. 다이치네는 유복해서 집에 고용인이나 회사 관계자들이 많았다. 그럼에도 다이치를 살뜰히 돌봐주는 사람은 없었다.

쇼코도 어렸을 때 친구들과 함께 그 집에 몇 번 놀러간 적이 있었다. 회사 같은 건물과 한 부지에 있던 집은 대저택이라 할 정도로 거대했고, 방에는 장난감이나 생활용품이 넘쳐났다.

그렇게 호화로운 집인데도 다이치는 커버도 씌우지 않은 이불을 그대로 쓰고 있었다. 누구 하나 제대로 어린아이를 돌보지 않는 집안의 쓸쓸함이 느껴졌다.

다이치와 재회한 뒤 술을 마시다 듣기로 그는 어렸을 때 집에서 생선구이를 먹어본 적이 한 번도 없었다. 가사도우미가 주방 청소가 귀찮다는 이유로 생선을 구워주지 않은 것이다. 그래서 생선구이라는 건 밖에서 먹는 음식이라고 굳게 믿고 있었다.

"홋카이도에 살았는데 임연수어를 먹은 건 도쿄에 오고 나서라니까. 이래봬도 나 부잣집 아들이잖아. 근데 도우미 아주머니가 안 구워줘서 말이지."

술 취하면 꼭 나오는 입버릇이다. 좌중을 주목시키는 자신만의 개그라고 생각하는 모양인데, 그 말에는 웃을 수가 없다.

장난스러워 보여도 그가 생선구이를 좋아하는 건 진심임을 알기에 이번에도 쇼코는 반대하지 않았다.

"아직 아무도 줄 안 섰잖아."

11시 12, 13분쯤 도착했는데 식당 앞이 횡했다. 점심용 생선 종류를 적어놓은 커다란 간판만 놓여 있다.

"어허, 그런 말 마. 이제 곧 몰려들 거니까."

"여기는 맛있긴 한데 술을 느긋하게 마실 수 없다니까."

"할 얘기는 밥 먹고 나서 해도 되겠지?"

"맥주랑 청주 중에 뭘로 하지?"

간판 맨 아래에 맥주와 술이라고 적혀 있어 쇼코는 무심코 중얼거렸다.

"큰 소리로 말하지 마. 이 술꾼아."

"큰 소리 안 냈거든. 일 끝난 뒤에는 좀 마시게 해줘."

오늘은 신주쿠의 상가 건물에 사는 노부부의 집에 다녀왔다. 부부가 건물의 소유자이고, 제일 꼭대기 층에 산다.

1층은 편의점, 2층은 부동산, 3층부터 5층까지는 사무실이고 6층이 부부의 집이다. 노후한 엘리베이터나 계단을 보면 그리 부유해 보이지 않지만 실은 말도 안 되게 엄청난 자산가라고 한다. 이곳 말고도 빌딩과 아파트를 다수 보유했으니 물론 더 고급스러운 아파트에 거주할 재력은 충분했다. 하지만 그들은 사십여 년 전 제일 처음 구입했던 그 건물을 마음에 들어했다.

"다른 동네는 적적하고, 나는 편의점이 좋아서."

신주쿠니초메 한복판에 있는 건물에서 노신사는 웃었다.

"여기랑 비교하면 어디든 다 적적하죠."

"맞는 말이야."

자식이 없는 노부부는 이따금 다이치와 쇼코를 번갈아 부른다. 그러고서 딱히 뭔가를 하는 게 아니라 대화를 나누거나 잠을 잔다.

부부가 원래는 다이치만 지명했는데 "이 친구도 후원해주세요" 하고 그가 소개해 쇼코도 부르게 된 것이다.

지난밤 노부부는 거실에서 텔레비전을 켜놓고 소파에 앉아 교대로 선잠을 자거나 이따금 옆에 있는 쇼코에게 말을 걸기도 했다.

"나는 지금 배를 젓고 있는 거야."

지난번에 왔을 때, 한쪽 눈만 뜬 노부인이 말했다.

"배요?"

"느릿한 배 위에서 흔들리고 있는 듯한 밤이야."

"저는 배를 타본 적이 거의 없어서요."

"홋카이도 출신인데? 나는 많이 타봤어. 작은 어선도 타보고,
아주 커다란 호화 여객선도 타봤지."

"호화 여객선은 언제 타셨어요?"

"할머니일 때."

부부가 여든을 넘겼다는 사실을 아는 쇼코는 잠자코 있었다.

"할머니가 된 지 얼마 안 됐을 때야. 꽤 한참 전."

쇼코는 자리에서 일어나 흘러내릴 듯한 얇은 담요를 부인의
목 언저리까지 다시 덮어줬다.

"젊을 때는 말이야, 한번 노인이 되면 계속 똑같을 줄 알았는
데 노인에도 단계가 있더라고. 젊은 노인, 약간 젊은 노인, 아주
조금 노인, 완전한 노인, 중간 노인, 상당한 노인, 심각한 노인,
어찌할 방도가 없는 노인."

쿡쿡, 노부인이 웃었다.

"젊은 사람들은 모르겠지만."

하기야 노후라는 시기는 일반적으로 퇴직하는 육십대부터 구십대까지 삼십 년이 넘는다. 갓 태어난 아기가 자라 어엿한 사회인이 되고 부모가 될 정도의 시간인 셈이다.

"왠지 알 것 같아요."

"아냐, 쇼코는 몰라."

그런 식으로 단호한 대답을 들어도 신기하게 불쾌한 기분은 들지 않았다.

부인의 말투에 체념과 부러움이 배어 있었기 때문이다.

"이거 봐, 줄 서기 시작했잖아."

다이치의 목소리에 정신을 차리고 보니 개점 십오 분 전인데 벌써 대여섯 사람이 줄을 섰다.

'뭘 먹을까?'

쇼코는 정신을 가다듬고 간판을 바라본다.

붉돔, 청새치, 가자미, 고등어, 방어, 임연수어, 연어, 돗돔.

밥, 미소시루, 채소절임 무제한 제공!

'보기만 해도 즐거운 간판이네.'

"……고등어로 할까?"

"다른 거 먹어. 고등어야 어디서든 먹을 수 있잖아."

다이치가 얼굴을 찌푸렸다.

"뭐 어때서. 저번에 먹은 붉돔도 아주 맛있었지만 메뉴에 있는 거 전부 먹어볼 거야. 특히 기름기 많은 생선을 밥이랑 먹고 술을 곁들이면 최고거든."

"그래도 고등어는 집에서 먹을 수 있잖아. 마트에서 파니까. 여기는 숯불로 구워주는 데라고."

다이치가 여전히 구시렁댄다.

"그럼 너는 뭘 먹을 건데?"

그는 으음, 하고 팔짱을 낀 채 고민한다.

"임연수어?"

"너야말로 그것만 먹잖아."

"오래 기다리셨습니다! 들어오세요!"

밝고 기분좋은 목소리로 중년 여자가 문을 열어줬다. 손목시계를 보니 점심이 시작되는 11시 30분까지 아직 십 분 넘게 남았다.

입구에서 식권을 샀다. 사장답게 다이치가 사줄 모양이다. 둘은 1층의 화로가 잘 보이는 자리로 안내받았다.

주문을 받으러 온 젊은 조리사에게 식권을 건넸다.

"채소절임, 마음껏 가져다 드세요."

카운터석 안에는 또다른 젊은 남자들이 잔뜩 서서 손님을 맞고 있었다.

생선을 굽는 화로, 활기차게 일하는 청년들, 무제한으로 먹을 수 있는 채소절임, 모든 것들이 식욕을 돋운다.

오늘의 채소절임은 자색 무와 양배추다. 쇼코는 작은 접시에 수북이 담아 와 일단 그것만으로 맥주를 마신다. 다이치에게도 권했으나 그가 손사래를 치며 거절했다.

"안 마실 거야?"

"오늘은 밥 먹고 사무실에 가봐야 해."

그가 단순히 사무실이라고 말할 때는 할아버지의 도쿄 사무실을 의미한다. 사무실은 나가타초에 있고, 그 옆 빌딩에 아버지의 회사가 있다.

"그래?"

쇼코는 그가 '사무실'이라고 할 때의 말투가 조금 신경쓰인다. 태연한 척하지만 어딘가 긴장한 게 느껴진다. 늘 그랬다.

밥과 미소시루가 나왔다. 쇼코는 곧장 젓가락을 집어 채소절임과 흰쌀밥을 함께 입에 넣었다.

"맛있다."

"너 그렇게 밥이고 술이고 마음대로 먹고 마시다간 살찐다."

"좀 그런가?"

"체육관에 오지 그래. 요즘엔 레이디 복서사이즈라고 여성반도 있거든."

다이치는 벌써 몇 년째 고엔지에 있는 복싱 체육관에 다니고 있다.

"그래, 조만간."

솔직히 쇼코는 살이 찌든지 빠지든지 어느 쪽에도 관심이 없었다. 혼자가 된 이후 용모에는 전혀 신경이 쓰이지 않았다. 집에 체중계도 없다. 방금은 그저 장단을 맞춰주는 말일 뿐이다.

"오래 기다리셨습니다."

갓 구운 생선이 나란히 나왔다.

"음식 나왔습니다."

"왔다, 왔다."

쇼코의 체중 따위야 이미 잊어버린 듯 다이치도 젓가락을 집었다.

반짝반짝 윤기가 흐르는 고등어 반쪽. 한눈에 봐도 통통하게 잘 구워졌다는 걸 알 수 있다. 함께 나온 무즙에 간장을 살짝 뿌리고 쇼코도 젓가락을 들었다.

"역시 맛있어."

고등어와 밥을 한입 먹으니 무심코 말이 나와버렸다. 생선구이는 뭐든 맛있지만 숯불로 구운 이 집의 생선은 차원이 다르다.

두번째는 큼직하게 떼어낸 고등어 살에 맥주를 마셨다. 이것도 좋다.

'늘 먹던 대로 가볼까?'

지방이 풍부한 고등어와 밥을 함께 먹는다. 그리고 맥주를 마신다.

'역시 잘 맞아! 밥이랑 맥주가 잘 어울려.'

다음에 오면 청주를 마셔야지, 하는 생각을 하면서 자색 무를 베어 물고 다시 맥주를 마신다.

"……다음주에 오사카에 가줄 수 있을까? 하룻밤 자고 오는 걸로."

입안 가득 밥을 떠넣는데 다이치가 말했다.

"오하카?"

쇼코는 우물우물 씹으면서 대답을 해버렸다. 부랴부랴 밥을 삼킨다.

"응."

"괜찮긴 한데. 지킴이 일이야?"

"아니, 사무실 일로."

또 나왔다. 사무실, 이라는 발음이 신경쓰인다.

"나야 괜찮지만, 뭐하는 건데?"

"서류를 갖다줬으면 해. 그쪽의 다른 의원 사무실에."

"응."

"하룻밤 자고 다음날 그쪽에서 다시 다른 서류를 줄 테니까 그걸 가지고 돌아오면 돼."

"흠."

"서류만 운반하면 되는 간단한 업무입니다."

아르바이트 정보지 광고라도 되는 양 그가 익살스레 말했다.

"서류를 지닌 동안은 다른 데 들르면 안 되지만, 대기할 때는 원하는 데 가도 돼. 가볍게 오사카 구경을 해도 되고."

"나야 괜찮지만, 왜 네가 안 가는 거야?"

"나나 사무실 사람이 움직이면 눈에 띄니까. 관계가 없되 그래도 신뢰할 수 있는 사람이어야 해서."

"흠, 알겠어."

"고마워. 정말 가볍게 놀러가는 마음으로 가면 돼. 물론 일당은 두둑할 거야."

"그런 건 평소랑 똑같이 줘도 돼."

"다음주에 연락할게."

그러고는 서로 말없이 밥을 먹었다. 개점한 지 십 분밖에 안 지났는데 자리가 거의 꽉 찼고 식당 밖으로 긴 줄이 생겼다.

"……왜 그렇게 많이 마셔?"

밥과 생선을 이미 다 먹고 혼자 맥주만 마시고 있는 쇼코에게 다이치가 물었다. 그는 세 그릇째 밥을 새로 담아 큼직한 임연수어와 채소절임을 즐기고 있다.

"그러게, 왜 그럴까."

"아이는 만나?"

쇼코는 병에 남은 맥주를 마지막 한 방울까지 잔에 따랐다.

"지난달에 만났는데 이번에는 못 만나."

"그렇구나."

쇼코는 말없이 맥주를 홀짝였다.

그 이상 아무것도 묻지 않는 게 다이치의 장점이다.

쇼코가 이혼하고 옛친구 사치에네 집에 갔을 때 오랜만에 재회한 사람이 다이치였다.

이혼한 직후라 딸 아카리와 막 헤어지고 정신적으로 상당히 피폐했던 시기였다. 아직 살 곳도, 할 일도 찾지 못한 상태였다.

"너, 나 일하는 데 올래?"

마침 밤의 지킴이 일이 궤도에 올라 그가 여성 지킴이를 찾던 무렵이었다.

"차분해 보이고 한눈에도 착실한 사람임을 알 수 있는 용모가 좋아. 물론 실제로도 착실해야겠지만."

여성을 원하는 의뢰가 많은데다 다이치도 자기 혼자서는 감당할 수 없겠다고 생각한 참이었다.

그의 집안에서 거품경제기에 투자 목적으로 사둔 원룸 아파트를 아주 싼 값에 빌려주는 것도 금세 결정됐다. 쇼코는 그 둘이 아니었다면 도저히 혼자서 다시 시작할 수 없었을 것이다.

"다이치랑 사치에, 중학교 때 사귀었지?"

"어?"

둘은 서로가 첫 교제 상대였다.

"어떻게 아는 거야?"

"다들 알지. 모르는 건 너희 둘뿐이라고."

둘은 별로 밝히고 싶어하지 않지만, 그런 관계였던 남녀가 지금도 잘 지낸다는 건 좋은 일이라고 쇼코는 생각했다.

"아무한테도 말하지 마."

"아니, 그러니까 다들 알고 있다니까."

그 동네에서 고등학교를 졸업하고 곧장 도쿄로 떠나온 사람은 둘뿐이었다. 서로 돕지 않으면 살아갈 수 없었던 모양이다. "하지만 이제 그런 관계는 전혀 아니야" 하고 사치에는 딱 잘라 말했다.

'나도 사치에와 다이치의 도움이 없었다면 이만큼 지낼 수 없었을 거야.'

전문대 졸업 후 고향에 일자리가 없어 도쿄에 온 쇼코에게 사치에가 도시에 관한 것들을 하나하나 다 가르쳐줬다.

결혼하고 이혼하기까지 짧은 기간 동안 잠시 소원했던 시기도 있었다. 근황을 전하는 연락은 했지만 남편과 살았던 2세대주택과 사치에의 집이 서로 도쿄의 동쪽과 서쪽으로 멀리 떨어진데다, 쇼코도 자신의 문제에 골몰했기 때문이다.

그럼에도 사치에는 아무데도 갈 곳 없는 쇼코를 바로 받아주었다.

"다들 그래. 우리한테 연락 안 하는 게 잘 지낸다는 증거지."

사치에도, 다이치도 다들 신망이 두텁고 도쿄에서 쌓은 인간관계가 폭넓기 때문에 쓸쓸함을 느낄 일은 없었을 것이다. 그런데도 자신들이 고향 친구들의 임시 피난처처럼 여겨지는 걸 어떻게 생각하는지 쇼코는 정작 물어보지 못했다.

다들 곤경에 처하면 이 둘에게 의지했다가 다시 떠나가는 그런 관계.

"나는 회사로 돌아갈 건데 넌 어떻게 할래?"

"집에 가서 자야지."

회사라고 해봐야 나카노역 남쪽 출구에 있는 상가 건물의 한 귀퉁이다. 바로 그 근처에 다이치의 집도 있다.

"그럼, 서류 일은 확정되면 연락할게. 다음주는 비워둬."

'다음에는 아무 말 없이 이곳을 떠나지 않을 거야. 꼭 이 둘에게 은혜를 갚아야 해.'

나카노역 앞, 쇼코가 그런 묵직한 책임을 느끼리라는 건 생각도 못하는 다이치가 경쾌한 뒷모습으로 손을 흔들며 멀어져갔다.

다섯번째 술

회 정식

아베노

약속 장소는 신요코하마역. 어제 전화로 개찰구 앞에 있는 스타벅스에서 오전 9시에 만나기로 했다. 쇼코가 카페 안으로 들어가자 약속한 사람으로 보이는 젊은 남자가 이쪽을 향해 손을 흔들었다.

"이누모리 쇼코 씨 되십니까?"

약속한 물건을 가지고 온 사람은 짧은 상고머리를 한 가메야마 사무실의 비서였다. 그는 착실하게 보이고 싶으나 옷깃이나 단추 모양이 일반 회사원의 차림과 미묘하게 달라 어떻게 봐도 어색함이 감도는 정장을 입고 있었다.

쇼코가 앞에 앉자 그는 가나자와 지역에서 고급 병조림으로 유명한 회사의 독특하게 생긴 종이가방을 내밀었다.

"이것을 그쪽 선생님께 전해주십시오."

"네, 분명히 잘 받았습니다."

쇼코는 그쪽 선생님이라는 말이 왠지 낯간지럽다고 생각하면서 눈꺼풀에 힘을 주고 묵직한 종이가방을 받아들었다. 내용물이 병조림이 아니라는 건 보지 않아도 알 수 있었다.

"신오사카에서 내리면 그길로 곧장 미도스지선 열차를 타고 덴노지까지 가주세요. 덴노지의 같은 매장에서."

그가 스타벅스 간판을 가리켰다.

"그쪽 선생님께서 기다리고 있으니 건네주시면 됩니다."

"알겠습니다."

"신요코하마까지 오시게 해서 죄송합니다."

"그쪽도 홋카이도 분이세요?"

"네."

"동부 출신?"

"아버지가 ×××를 경영합니다."

"아, 네."

×××는 홋카이도 동부 지역에서 손꼽히는 건설회사였다. 쇼코가 이해했다는 걸 알고 그가 싱긋 웃었는데 갑자기 그 얼굴이 어린아이 같아 보였다. 아직 스무 살 언저리일지도 모르겠다.

"가메야마 사무실에서 일을 배우고 있습니다. 이누모리 씨는 도련님의 친구라고 들었습니다."

"네."

대화는 그 이상 나아가지 못했다.

"그럼, 저는 이만."

"모쪼록 조심하십시오."

그 말이 단순한 헤어짐의 인사인지 아니면 다른 의미를 품고 있는 건지 이해하지 못한 채 쇼코는 고개를 끄덕였다.

나카노사카우에의 집에서 요코하마까지 오는 건 귀찮았지만 신요코하마에서 고속열차인 신칸센을 탈 수 있어서 기뻤다.

'기요켄*! 기요켄!'

테마송을 부르고 싶을 만큼 좋아하는 곳이다.

'슈마이** 도시락에 맥주도 좋지만 그럼 오사카에 도착해서 밥을 맛있게 못 먹을 것 같아.'

쇼코는 매장의 진열장을 물끄러미 바라본다.

'내가 제일 좋아하는 건 도미밥인데.'

도미밥 도시락은 연갈색으로 지은 밥 위에 간장과 설탕으로 달짝지근히 간을 한 도미 살이 듬뿍 올라가 있다. 기요켄의 숨은

---

* 요코하마를 기반으로 100년 넘는 역사를 자랑하는 도시락 전문 기업.
** 중국식 찐만두를 가리키는 일본식 표현.

명품이다.

'그치만 도미밥을 먹어버리면 오사카에선 진짜 아무것도 못 먹겠지.'

지난밤 쇼코는 아베노에 가서 물건을 전달해달라는 다이치의 연락을 받은 뒤 맛집 사이트에서 점심을 먹을 식당을 검색해뒀다.

"슈마이 여섯 개짜리랑 맥주 주세요. 기린 이치방시보리로요."

작은 비닐봉지에서 느껴지는 묵직함에 기분이 좋다.

다이치가 2인석짜리 창가 자리를 준비해줬다.

'이쪽에 앉으면 후지산을 볼 수 있어서 그랬나? 하여튼 특이한 데서 세심하다니까.'

식어도 맛있다는 슈마이에 하나씩 정성껏 겨자를 올린다.

'아침술에는 이 귀여운 여섯 개짜리가 좋아. 세금 포함해서 300엔이라는 가격도 더할 나위 없고.'

반을 깨물어 먹고 맥주를 한 모금 마신다.

'맛있어! 맥주랑 잘 맞아. 아니, 맥주랑 신칸센이 잘 어울린다고 해야 하나.'

슈마이 특유의 돼지고기 냄새를 맥주가 깔끔하게 씻어내준다.

'약간 개성 강한 음식이 술이랑 잘 맞는다니까.'

쇼코는 도기로 된 귀여운 용기에서 조심스레 간장을 톡톡 떨어뜨렸다.

'간장을 찍으면 또다른 맛이지. 염분으로 맛이 쫄깃해진달까. 이것 또한 맥주랑 잘 어울려.'

후지산에는 달맞이꽃이 잘 어울리누나…… 이 말을 한 사람이 다자이 오사무였나? 그럼 신칸센에는 맥주가 잘 어울리누나…… 라고 읊어도 되지 않을까.

'신칸센에선 청주를 마셔도 좋고 최근에 하이볼도 팔지만 역시 맥주지.'

쇼코는 슈마이 여섯 개에 맥주를 다 마시고 신오사카에 도착할 때까지 눈을 붙였다.

상대를 바로 못 알아보면 어쩌나 걱정하며 신칸센역 개찰구를 나오는데 스마트폰이 울렸다.

"가도야입니다."

쇼코는 이름만 들었던, 물건을 수령할 남자였다.

"지금 계신 곳에서 쭉 걸어오세요. 오른쪽으로 가면……"

남자가 미도스지선 열차의 승강장을 능숙하게 알려준다.

덴노지의 스타벅스는 '미오'라는 쇼핑몰 안에 있는 모양이다.

'내가 신칸센에서 내려 전화를 받을 시간을 계산해서 연락한 걸까? 꽤나 섬세한 사람이네.'

쇼코는 그 절묘함에 감탄하면서 열차를 탔다.

평일의 쇼핑몰은 손님의 발길이 뜸했다.

'이렇게 인적 없는 평일의 역사가 좋단 말이지.'

스타벅스에서 기다리던 가도야는 가메야마 사무실의 비서보다 좀더 따분한 정장을 입었고, 다소 고지식한 인상의 호리호리한 체구의 남자였다.

"오시느라 고생하셨습니다."

쇼코가 내민 종이가방을 받아 그 안을 힐끗 쳐다보며 그가 말했다.

"괜찮습니다."

"오늘은 아베노에서 묵으십니까?"

"아베노호텔이요."

잘됐다는 듯 그가 고개를 끄덕였다.

"내일 일은 다시 연락하겠습니다. 돌아가는 열차 시간은 정하셨습니까?"

"아니요. 가도야 씨한테 서류를 받고 나서 표를 사라고 들었습니다."

더더욱 잘됐다는 듯 그가 다시 고개를 끄덕였다.

그때 순간적으로 눈이 마주쳤다. 딱 일 초쯤 서로를 바라보았다. 가도야가 숨을 크게 내쉰다.

"그럼, 실례하겠습니다."

둘은 자리에 앉은 상태로 인사하고 헤어졌다.

'끝났다!'

특별히 어려운 일도 아니건만 쇼코는 스타벅스를 나온 순간 환호성을 지르고 싶을 만큼 마음이 편해졌다. 내일 다시 서류를 받아 가져가야 하는 일이 남았지만, 생각한 것 이상으로 긴장했던 모양이다.

'자, 가볼까.'

점심 장소는 이미 점찍어뒀다. 손목시계를 보니 오후 1시를 지나고 있다. 아직 혼잡한 시간일 것 같지만 어쩔 수 없다. 배가 고프기 시작했다.

덴노지역에서 오사카 시영 노선인 아베노역 방면으로 걸어간다.

'바로 옆에 역이 있네. 도쿄역이랑 유라쿠초역 같아. 아니지, 우메다역이랑 오사카역 같다고 해야 하나……'

쇼코는 오사카의 신기한 거리 풍경에 두리번거렸다. 유명한 아베노 하루카스*와 쇼핑몰인 아베노 큐즈몰, 그리고 새로운 빌딩들이 연달아 이어졌다. 하루카스의 안쪽에는 또다른 빌딩이 있다.

---

* 전망대·미술관 등이 있는 일본 오사카의 초고층 건물.

'이 주변이 상당히 개발됐구나.'

쇼코는 스마트폰으로 지도를 보면서 쓰지 조리전문학교 방면으로 계속 걸었다.

인터넷에서 알아낸 갈치구이 집에 갈 예정이었다. 일본에서 유일한 갈치 전문점인 듯했다.

'갈치는 제대로 먹어본 적이 없잖아.'

"으아악."

쇼코는 식당 앞에 도착해서 저도 모르게 목소리가 새어나오고 말았다.

점찍어둔 집에 긴 줄이 늘어서 있었다. 가끔 방송에도 소개되는 인기 식당인 모양이다. 그래도 이 정도로 붐빌 줄은 몰랐다.

쇼코는 그 자리에 주저앉고 싶을 만큼 낙심했다.

식당 안으로 손님을 부르러 나온 노부인에게 얼마나 기다려야 들어갈 수 있을지 물었다. 부인은 줄 선 사람들을 세어보더니 이렇게 말했다.

"미안해요. 오늘 점심은 끝났네요."

"네? 갈치덮밥이 끝난 건가요?"

"네. 점심으로 준비하는 양이 한정돼서요. 미안해요."

이럴 수가, 먹기는커녕 줄 서기조차 못하다니.

'음…… 할 수 없지, 가능하면 내일 다시 오자.'

쇼코는 방금 전에 왔던 길을 비틀비틀 되돌아갔다.

'어쩌지?'

오로지 갈치만 생각했던 쇼코의 뱃속이 생선을 원했다.

스마트폰을 꺼내 검색해본다.

아베노, 생선, 점심.

눈길을 끄는 곳이 있었다. 생선가게에서 운영하는 선술집. 낮에도 술집을 이용할 수 있다고 적혀 있다.

'여기 괜찮은데. 생선에 술도 마실 수 있을 듯하고.'

다시 아베노역 근처로 돌아와 아폴로라는 빌딩의 지하로 내려간다. 작은 선술집을 비롯해 라멘, 카레 등을 파는 식당이 즐비하다.

낮부터 음주 가능합니다, 라고 당당하게 간판을 내건 식당도 있다.

'좋은 지하상가다! 훌륭한 동네야.'

쇼코가 찾던 식당은 복도 끝에 있었다. 복사용지에 손으로 쓴 메뉴가 밖에 붙어 있다. 회 정식, 해산물덮밥, 새우튀김 정식 등이 780엔부터다. 메뉴를 보고 있는데 안에서 젊은 여자가 말을 걸어왔다.

"한 분이세요? 카운터석으로 앉으세요."

이미 오후 1시 30분을 넘겼는데도 식당 안이 손님으로 가득하다. 마침 딱 한 자리가 비어서 바로 들어갈 수 있었다. 운이 좋았다.

"우선, 회 정식 주세요."

술은 맥주부터 사워*, 다양한 청주까지 전부 380엔이다.

특히 청주 메뉴가 훌륭하다. 고슌, 고쿠류, 히로키, 조키겐, 닷사이…… 다양한 지역의 청주가 죽 나열되어 있다.

'닷사이로 하고 싶지만 기왕 오사카에 왔으니 간사이 지역의 술도 먹어보고 싶은데.'

"여기요. 고슌 주세요."

쇼코는 주문을 대강 마치고 주위를 둘러보았다. 카운터석에는 정장 차림의 회사원이 많지만, 그 사이에 껴서 식사가 아닌 안주를 주문해놓고 술을 마시는 두 사람이 보인다.

'정말 대낮부터 음주할 수 있구나.'

그중에는 쇼코처럼 낮부터 맥주와 식사를 즐기는 중년 여자도 있다. 안쪽 테이블석에는 일찌감치 회식을 시작한 단체 손님이 보인다.

'다들 자유롭네. 오사카다워.'

"음식 나왔습니다."

달그락하고 앞에 놓인 쟁반을 보고 쇼코는 "호……" 하고 소

---

* 위스키나 브랜디에 과일이나 과즙을 섞은 칵테일.

리를 낼 뻔했다.

커다란 접시에 회 네 종류, 그와 별개로 모미지오로시*와 폰즈**
를 곁들인 흰살생선회, 생선조림, 채소튀김과 생선튀김, 배추절
임에 미소시루와 밥까지. 쟁반에 다 안 들어가 비어져나올 정도
로 가짓수가 많다.

"술도 나왔습니다."

점원이 네모난 되에 든 차가운 술잔을 가져와 큼직한 됫병에
서 콸콸 술을 따른다. 잔뿐만 아니라 잔을 받친 되까지 흘러넘칠
만큼 듬뿍.

'하나부터 열까지 다 최고야, 최고.'

한 모금 마셔보니 산뜻하면서 묵직한 맛을 지닌 술이다. 회에
잘 어울릴 것 같다.

'하, 정식에서 뭐부터 먹어야 좋으려나. 다 먹을 수 있을까.'

쇼코는 역시 회부터 먹을까 싶어 접시를 바라보았다. 둥근 접
시에 오른 건 잿방어, 전갱이, 흰살 생선, 단새우다.

'일단 흰살 생선부터.'

쥐치일까, 쫄깃쫄깃한 맛이 있는 생선이었다. 그리고 고슨 한

---

* 무와 홍고추를 강판에 간 것.
** 감귤류의 과즙에 설탕 등을 넣어 만든 일본의 소스.

모금.

모미지오로시와 폰즈를 곁들인 흰살 생선은 불에 살짝 그을린 것이었다.

'이것도 꽤 살이 올라 맛있네.'

다시 고슈을 입에 머금는다.

'아, 집 근처였다면 매일이라도 올 식당이야.'

쇼코는 메뉴판을 들고 안주를 훑었다.

물론 생선회가 저렴하고 알차지만 달걀말이 280엔, 생선머리 구이 380엔 사이로 복어알과 복어튀김에 눈길이 간다.

'복어? 여기선 복어 요리가 흔한 모양인데. 간사이의 선술집 은 도쿄와 많이 다른가보다.'

"달걀말이 나왔습니다!"

한 자리 건너 옆에 앉은 두 사람이 주문한 달걀말이를 보고 쇼 코는 눈이 휘둥그레졌다.

'크다. 저게 280엔이라니! 진짜야? 리카 인형의 이불 정도 되 겠는걸. 이따 저녁에도 여기서 한잔하고 싶다. 그래도 혼자 오기 는 어렵겠지.'

쇼코는 다시 자신의 회 정식에 집중했다. 생선조림은 살을 발 라내고 남은 부위를 사용했지만 자투리도 넉넉히 붙었고 진한 갈색으로 푹 조려졌다.

'맛있다. 이건 밥이랑 먹어야지.'

달짝지근한 생선을 입에 넣고 밥을 한입 먹는다. 흰쌀밥이 얼마든지 들어갈 듯한 맛이었다.

튀김에는 튀김용 간장과 무즙이 함께 나왔다. 이름을 모르는 흰살 생선과 단호박 등을 튀김 전문점처럼 바삭하게 튀긴 건 아니지만 이것대로 충분히 만족스럽다.

쇼코는 한참을 생선회와 밥, 생선회와 술, 튀김과 술 등으로 조합을 바꿔가며 즐겼다.

'배추. 배추절임을 잊고 있었네.'

전혀 기대하지 않았는데 배추절임이 놀라울 정도로 맛있다. 짠맛과 신맛이 절묘하게 어우러졌다. 이걸로 다시 술이 술술 넘어간다.

"여기요! 히로키 주세요."

"네!"

예쁘장한 여자 점원이 됫병들이 술을 들고 활기차게 다가온다.

새로 나온 차가운 술잔과 네모난 되. 이보다 마음 설레는 풍경이 또 있을까.

'없겠지, 적어도 지금 내게는 없어.'

또 한번 흘러넘칠 정도로 가득 따른 청주를 입에 대자 짜릿하게 시원하다.

'이 술, 도쿄에선 가격이 두세 배 높지 않을까?'

카운터석은 회전율이 빠르다. 입을 크게 벌려 새우튀김과 밥을 그러넣고 금방 일어나는 회사원들이 많은데 그 가운데 앉아 술을 마시는 사람에게도 점원들이 친절한 것 같다.

그중 회사의 상사와 부하 직원으로 보이는 삼십대 남자와 정장 차림의 이십대 여자가 맥주로 건배하는 모습이 보였다. 전혀 수상한 분위기는 아니다.

'일이 잘돼서 축하하는 걸까?'

즐겁다.

도쿄에서 낮부터 술을 마시는 것도 아주 좋다. 하지만 다소 시간대가 안 맞거나 가게가 붐비기 시작하면 자리를 비워주거나 신경을 쓸 필요가 있다. 이곳 아베노는 대낮부터 술을 마시는 게 당연한 분위기라 아무튼 편하다.

스마트폰이 진동했다.

쇼코는 화면을 보고 순간 얼굴이 굳었다. 방금 전 서류를 건네준 오사카 사무실의 가도야였다.

"아까는 감사했습니다."

"아, 네. 수고 많으십니다."

당황한 쇼코는 그가 앞에 있기라도 한 것처럼 허리를 숙여 인사했다.

"건네주신 서류는 제대로 확인했습니다. 감사합니다."

"아, 다행이네요."

회사를 다니던 시절이었다면 좀더 격식을 갖춰 대답할 수 있었겠지만 지금처럼 어영부영한 상황에서는 스스로 생각해도 맹해 보이는 말만 나온다.

"내일 오후에 회신용 서류를 준비해서 전해드릴 수 있을 듯합니다."

"네, 감사합니다."

"그, 그리고."

"네."

전화기 너머에서 작은 망설임이 느껴졌다.

"이누모리 씨, 오늘 저녁 일정은 어떻게 되십니까?"

"어떻게 되냐고요? 무슨 뜻이죠?"

쇼코는 미스터 평범맨의 의도를 알 수 없어 그대로 되물었다.

"아니, 저기, 괜찮으시면 제가 술 한잔 대접하고 싶어서요."

"네?"

"단도직입적으로 말씀드리면, 식사라도 안 하시겠습니까?"

"아."

상대의 반응을 살핀 다음 거기에 따라 내용을 바꾸지 않는 솔직한 사람이란 생각이 들었다. 그런 가도야의 태도에는 호감을 느꼈지만 쇼코는 어떻게 대답해야 좋을지 몰랐다.

"아니, 가메야마 씨한테 이누모리 씨가 술을 꽤 잘 드신다고 들어서요. 요즘 난바 주변에 '우라난바'*라고 인기 있는 동네가 있습니다. 괜찮으시면 제가 안내하겠습니다. 물론 이누모리 씨가 가시고 싶은 곳이 있으면 거기도 좋습니다."

문득 그의 말투가 간사이 사투리로 바뀐다. 그것도 싫지는 않았다.

쇼코는 주위를 둘러보았다.

'여기는 저녁에도 와보고 싶긴 해. 아까 혼자서는 올 자신이 없다는 생각이 들기도 했고.'

눈앞에 보이는 나이든 커플이 짠, 하고 더운술이 든 작은 술잔을 마주친다. 부부처럼 보이진 않았다. 부부라면 저 나이에 서로의 눈을 지긋이 바라보지 않는다. 그들 앞에는 280엔짜리 감자 샐러드 한 접시만 덩그러니 있을 뿐. 쇼코가 아까부터 보고 있었지만 다른 안주는 없다. 그저 연거푸 술만 마시고 있다.

이 얼마나 자유로운지. 그리고 얼마나 자연스러운지.

"안 되겠어요."

쇼코는 그의 억양이 자신에게도 옮은 듯한 느낌이 들었다.

---

* 난바의 뒷골목이라는 뜻으로, 현지인이 즐겨 찾는 술집과 식당이 밀집된 구역.

"실은 이쪽에 학창시절 친구가 있어서요."

쇼코는 속이 뻔히 들여다보이는 거절 멘트라고 생각하면서도 입이 멋대로 움직였다.

"그러십니까."

그는 깔끔하게 물러났다.

"만약 술 상대가 필요하시면 사양하지 말고 연락해주세요."

"감사합니다."

"그럼 내일 뵙겠습니다. 이만 끊겠습니다."

전화는 조용히 끊어졌다.

쇼코의 앞에는 여전히 한 사람 분의 회 정식과 되에 따른 술이 놓여 있다.

이게 지금 내 스타일이다. 지금 가장 좋은 것.

거절하고 말았지만 가슴속에 약간 따스함이 남았다.

쇼코는 단숨에 잔을 비우며 청주 메뉴판을 집어들었다.

여섯번째 술

우설
오차노미즈

쇼코의 눈앞에 있는 건 우설, 즉 소의 혀다.

노릇노릇하게 구워져 윤기가 자르르 흐른다.

그 옆의 작은 옻그릇에는 간 마, 작은 접시에는 매콤한 맛의 진한 미소와 잘게 썬 일본 갓이 담겨 있고, 대파가 듬뿍 들어간 맑은국, 그리고 보리밥이 있다.

젓가락으로 우설 한 점을 집는다. 두툼하고 부드러우면서 쫄깃쫄깃한 식감도 있다. 왼손에 밥그릇을 들고 입안 가득 보리밥을 그러넣는다. 우설과 보리밥은 최고의 조합이다. 대체 누가 생각해냈을까? 매콤한 미소를 아주 조금만 젓가락으로 집는다. 이건 주의를 기울여야 한다. 전에 입에 잔뜩 넣었다가 낭패를 본 적이 있기 때문이다. 하지만 아주 소량이라면 이것만큼 보리밥에 잘 어울리는 것도 없다.

쇼코는 마른 나무젓가락에 밥알이 붙은 걸 보고 국물을 마시지 않았다는 걸 깨달았다. 평소에는 국물을 먼저 젓가락으로 살짝 저으며 입으로 마셔서 젓가락을 촉촉하게 하기 때문이다. 소뼈와 우설로 육수를 낸 구수한 국물이다. 바닥에 작은 고깃덩어리가 굴러다니는 건 떠 있는 파를 헤집어보지 않아도 안다. 그 고기를 절반 정도 베어먹는다. 구운 우설과는 또다른 감칠맛이 있다.

쇼코는 이쯤에서 간신히 잔을 들어 맥주를 꿀꺽꿀꺽 마셨다. 단번에 반을 들이켰다.

그러고는 하…… 하고 한숨을 크게 내쉬었다. 오늘 같은 날은 아무것도 생각하지 않고 그저 맛있는 음식을 몸속에 가득 채워넣고 싶었다. 그러려면 이 우설 요리점이 맞춤했다.

"괜찮으시면 이거 받으세요."

쇼코가 무뚝뚝하게 말하며 내밀어버린 이유는 이제껏 고객에게 선물 같은 걸 들고 가본 적이 한 번도 없었기 때문이다.

"어머나, 고마워라."

오사나이 모토코도 놀랐다는 듯 선물을 받았다.

"이런 초보적인 건 이미 알고 계시겠지만요. 혹시 필요 없으면

버리세요."

"아냐, 좋아."

잡지 〈취미 원예〉의 난초 특집호였다. 표지에 큼직하게 '굉장해, 난초'라는 제목이 있고 온통 화려한 난초 사진이 실려 있다.

"일부러 찾아준 거야?"

"아니요, 서점에 있었어요. 물 주는 법 같은 걸 공부해볼까 해서 샀어요."

"왠지 미안하네. 집에 있는 지갑에서 책값 가져가도 돼."

"아니에요, 괜찮습니다. 정말로 그냥 사고 싶어서 샀어요. 읽어보니 다양한 난초 종류도 알려주고 감상하는 법도 실려 있어서 저보다 오히려 모토코 씨에게 어울릴 것 같아 가져왔어요."

"고마워."

모토코는 돋보기안경을 쓰고 유심히 잡지를 들여다보았다.

쇼코는 기분이 좋아져 그녀 가까이에 있는 의자에 앉았다.

"어머, 근사해."

모토코가 가리킨 곳을 보니 바다에서 주운 유목에 난을 심거나 유리 용기에 재배하는 테라리엄 방법이 실려 있었다.

"이런 방법도 있네. 종류도 다양하고."

"네."

"내가 가진 건 호접란이랑 심비디움뿐이지만."

쇼코는 잡지를 읽는 모토코를 아무 말 없이 바라보았다.

그렇다, 그때까지는 분위기가 괜찮았다.

쇼코는 입안 가득 우설을 넣으며 생각했다.

모토코는 난초 사진을 보고 신이 나서 말했다. 지금껏 화분을 몇 개나 키우고 있는데, 옛날에 친정 근처 화훼농가에서 배웠던 어슴푸레한 기억과 그저 자신의 감에 의존한 방식일 뿐 제대로 된 책을 읽는 건 처음이라고.

"이런 책을 읽어봐야겠다는 생각은 안 해보셨어요?"

"대부분 공짜로 받거나 공짜나 다름없는 가격으로 산 것들이 잖아. 그렇다보니 왠지 거기에 돈을 쓰는 건 아닌 것 같아서. 물을 너무 많이 주지 않도록 주의하면 난이 의외로 튼튼해서 키우기 쉽다는 얘기도 들었고."

"그 요령만으로 이렇게 멋지게 키워내시다니 오히려 더 대단해요."

거기까지 생각했을 때, 쇼코는 무의식적으로 간 마를 보리밥에 부으려다 문득 손을 멈췄다. 머릿속 절반을 지난밤의 기억이 차지하고 있다고 해서 이 소중한 우설 정식을 소홀히 해선 안 된다.

쇼코는 마가 든 그릇을 쟁반에 내려놓았다.

간 마를 언제 뿌려야 하는가는 오랜 세월의 고민거리였다. 우선은 우설과 보리밥만 먹는다. 그리고 간 마를 보리밥에 뿌려 그 맛을 즐긴다. 마지막에 우설과 마, 보리밥의 3종 세트로 간다.

이것이 통상적인 순서다. 간 마의 등장이 너무 이르거나 너무 늦어도 후회가 남는다.

마를 보리밥의 절반 정도에만 뿌리고 맨밥을 남겨두면 나중에 밥과 우설만 먹고 싶을 때를 대비할 수 있다. 하지만 눈대중을 잘못하면 부드러운 용암 같은 마가 순식간에 보리밥을 뒤덮어버리고, 너무 살짝 부으면 마만 잔뜩 남는다.

게다가 마덮밥의 감칠맛에는 강렬한 뭔가가 있다. 최근에야 깨달았는데 이 '우설 정식' 매력의 절반, 아니 절반 이상이 실은 간 마 덕분이 아닐까 싶다. 한번 마덮밥을 먹으면 더이상 돌이킬 수 없다. 레드와인을 마시면 화이트와인으로 돌아갈 수 없듯이.

그러므로 진지하게 마를 언제 뿌리면 좋을지, 너무 이르거나 너무 늦은 건 아닌지 항상 곰곰이 숙고한다.

'보리밥이 무한으로 제공되지만 그렇다고 무한정 먹을 수도 없고.'

쇼코는 조심스레 한입 분량의 마를 보리밥에 얹고 그것을 입에 넣었다. 표정이 흐뭇해진다.

'역시 맛있어.'

거기서 생각났다. 난초 잡지를 보고 있던 모토코가 갑자기 이런 말을 했다.

"신기하단 말이야. 보통 풀꽃들은 크고 좋은 화분에 옮겨 심어 비료를 듬뿍 주면 순순히 잘 크는 법인데. 난은 달라. 너무 큰 화분에 심으면 그 즉시 뿌리가 썩질 않나. 그렇다고 너무 작아도 안 되고. 비료도 필요 없어. 양분이라곤 전혀 없는 물이끼가 좋다니…… 인간이란 존재도 그런 걸지 몰라."

"그게 무슨 뜻인가요?"

"옆에서 보면 무엇 하나 불편함 없는 생활이 오히려 도움이 안 될 때도 있어."

모토코가 쇼코의 얼굴을 가만히 쳐다보았다.

"아이는 제대로 만나?"

"……한 달에 한 번 만나요. 지난달에는 아이한테 일정이 있어서 못 만났고, 이번 달은 아직이에요."

이 질문은 어느 정도 예정된 것이었다. 지난번에 만났을 때, 다음에 또 만나면 아이 얘기를 해주겠다고 약속했으니까.

"왜 당신이 안 맡았어? 얘기하고 싶지 않으면 안 해도 되지만……"

쇼코는 개인적인 질문을 받는 게 성가시다는 생각이 들면서도 한편으론 자신이 내심 그 질문을 기다린 것 같다는 기분이 들었다.

쇼코는 시선을 멀리 옮겼다. 하지만 다다미 열두 장짜리* 공간에서 벽면의 책장이 보이는 게 다였다. 책장에는 음식에 관한 전문서적이 빽빽이 꽂혀 있었다. 모토코의 아들이자 월간지 편집장인 마나부의 책일 것이다.

차분하고 근사한 방이었다. 책장 앞에는 편하게 앉을 수 있는 1인용 검은색 가죽소파가 놓여 있다. 저기서 마나부가 책을 읽을지도 모르겠다.

"저는 제대로 못 키울 것 같아서요."

"당신은 좋은 엄마가 될 사람 같은데."

"경제적으로도 그렇고요."

"남편이 양육비를 제대로 안 줄 사람이야?"

"아니요."

양육비. 쇼코가 부탁했다면 전남편 요시노리는 알아서 잘 챙겨줬을 것이다. 본가인 2세대주택이 대출을 안고 있으니 결코 수월하진 않겠지만 그래도 그는 분명 최선을 다해 희생하려 했을 것이다.

그리고 그가 그런 사람이기 때문에 그쪽에 아이가 있는 편이 낫다고 생각했다.

---

* 다다미 1장의 크기는 약 180cm×90cm.

"시어머니가 저한테야 엄했지만 남편에게는 좋은 어머니고, 손녀를 진심으로 사랑하고 귀여워하는 분이라는 건 저도 알았어요. 시어머니뿐 아니라 시아버지도 손녀를 아꼈어요. 아이가 가족들 품에서 자라는 편이 좋을 거라고 생각했죠. 저랑 둘이 작은 연립주택에 살면서 고독한 시간을 보내는 것보다는요. 저는 일을 해야 하고, 그럼 아무래도 아이 혼자 보내는 시간이 많을 테니까요."

2세대주택에는 잘 꾸며놓은 아이방이 있고, 폼폼푸린* 캐릭터 커버를 씌운 침대와 아이의 성장에 맞춰 높이를 조절할 수 있도록 주문제작한 책상도 있었다. 쇼코가 빌릴 수 있는 집에 그 물건들을 부리는 건 무리라고 생각했다.

폼폼푸린 커버는 시어머니가 원단을 사 와서 직접 만들어준 것이었다. 그렇게 정성이 가득한 사람이었다.

"우선은 저 자신의 생활과 일이 자리잡은 다음에 아이를 데려가도 늦지 않다며 시어머니와 남편에게 설득당했어요. 저야 시어머니와 원만히 지내지 못했지만 무엇보다 어머니로서 그분에게는 신뢰가 갔어요. 아이가 남편처럼 잘 자란다면 그것대로 다행이라고 생각했죠. 제가 가까이에 없으면 시어머니의 정서도

---

* 진갈색 베레모를 쓴 골든리트리버 캐릭터.

한결 안정될 테고."

"그것도 맞는 말이네."

"그런데 가끔 잘 모르겠더라고요. 정말로 잘한 건가 싶고. 자리잡으면 아이를 데려오겠다고 생각했지만 과연 그럴 수 있을지. 게다가 남편과 시어머니를 믿기야 하지만 이토록 오래 못 만나는 이유를 아이에게 뭐라고 설명해줘야 할지도 모르겠고요."

모토코가 자리에서 일어나 주방 쪽으로 걸어갔다. 전기포트에 물을 넣는다. 차를 끓여주려는 모양이다.

"제가 할까요?"

"아니, 앉아 있어."

"가끔 미칠 듯이 보고 싶어요. 한 달에 한 번 볼 때마다 아이가 놀랄 정도로 쑥쑥 자라 있더라고요. 이번에는 두 달 가까이 못 만났으니 정말 깜짝 놀랄 만큼 자랐을지도 모르죠. 그런데 그런 생각을 하다가도 문득 제 좁은 집이 시야에 들어오는 거예요. 그럼 그 따스한 공간에서 이런 곳으로 아이를 데려올 순 없다는 생각이 들어요."

포트가 딸깍하고 희미한 소리를 내며 물이 끓었음을 알린다. 모토코가 작은 찻주전자에 허브티 티백을 넣고 뜨거운 물을 부었다. 적갈색 찻주전자는 어디서나 볼 수 있는 흔한 모양새였다. 모든 물건을 하나하나 신중하게 골라놓은 이 집에 별로 어울리지 않았다. 어쩌면 모토코가 고른 물건일지도 모른다.

"이렇게 차를 우리면 궁상맞아 보인다고 아들한테 한소리 듣는데. 티백을 사람 수대로 하나씩 쓰면 좀 진해서 아깝더라고."

모토코가 우려낸 차를 머그컵에 나눠 담아 가져다주었다.

"감사합니다."

"커피나 홍차는 잠이 달아나니까. 민트랑 캐모마일을 조합한 티백이야."

차는 뜨겁고, 햇살의 향기가 났다.

"또 나랑 드라이브해줄 수 있겠어?"

"네?"

모토코가 쑥스러운 듯 눈을 내리깔았다.

"뭐 사실 거라도 있나요?"

"그것도 좋고."

쇼코는 며칠 전 마나부로부터 받은 메시지를 떠올렸다.

어머니가 원하시는 대로 뭐든 해주세요. 쇼코 씨가 마음에 드시는 모양이에요. 쇼코 씨가 오고 조금 활기를 찾은 것 같아요. 멍하니 계시던 일도 없어졌어요.

"벌써 몇 년째 옷이나 화장품을 안 샀어. 흥미를 잃어서."

"마나부 씨한테 들었어요."

"당신이 나를 데리고 나가서 뭔가를 샀다고 하면 마나부도 분명 좋아할 거야. 당신 평가도 좋아질 거고."

장난스레 놀리듯이 모토코가 살짝 웃었다.

"지금 나가서 옷을 살 곳이 있을까요?"

하기야 모토코와 쇼핑을 했다는 걸 알면 마나부가 또 불러줄지 모른다. 쇼코는 무엇보다 모토코의 기분에 맞춰주고 싶었다.

"돈키호테 할인매장에 가면 뭔가 있을지도 모르겠네요. 거긴 24시간 영업이니까."

"그럼 거기로 가자."

지난번과 마찬가지로 마나부의 노란색 소형 오픈카를 탔다.

"나카메구로의 돈키호테로 갑시다."

"네."

렛츠 고, 하고 소리를 지를 정도로 들뜬 모토코가 오히려 걱정됐지만 쇼코는 순순히 차를 몰았다.

"원예용품 있나요?"

돈키호테 입구에서 모토코가 젊은 점원에게 문의하자 그가 난감하다는 듯 대답했다.

"물뿌리개 같은 건 2층에 조금 있습니다."

모토코는 역시 원예에 관심이 있는 듯했다.

"그 외에는요?"

"그것 말곤 거의 없습니다."

"그래요."

원예용품을 취급하지 않는다는 말을 듣고 모토코는 다소 낙심한 모습이었지만 향수 코너나 메이크업용품, 수입 조미료 등을 매우 신기하다는 듯 구경했다.

"어떤 샴푸를 써?"

모토코는 쇼코에게 장바구니를 맡기고 이것저것 의논해가며 몇 가지를 담았다. 비누나 샴푸 같은 일용품뿐이었다.

"기분 나빠하지 말고 내 말 들어봐."

모토코가 산 잡다한 일용품을 쇼코가 차에 싣고 나자 그녀가 말했다.

"……자기네 집에 가보지 않을래?"

"저희 집이요? 나카노사카우에 말인가요?"

"아니, 예전 집. 아이가 사는 집 말이야. 가보고 싶지 않아?"

왜 안 가보고 싶겠는가. 그럴 리 없다. 그저 그 근처에 가보기만 해도 좋겠다고 몇 번을 바랐는지 모른다. 하지만 막연한 바람일 뿐 행동으로 옮긴 적은 없었다. 일단 한번 찾아가면 더는 감정을 제어할 수 없을지도 모른다. 훨씬 고통스러워질지도 모른다. 쇼코는 이런저런 생각을 하며 자신을 억누르고 있었다.

"······못 만나요. 뭐, 가보는 거야 괜찮겠지만."

쇼코는 모토코가 자신에게 마음을 쓴다는 걸 알았다. 쇼핑은 구실이고 이게 목적이었는지도 모른다.

"아무것도 할 수 있는 게 없어요. 아이의 얼굴을 볼 수 있는 것도 아니고, 그런 마음이 아이에게 전해지는 것도 아니고요."

"그럼 집을 보여줘. 2세대주택이 어떤 건지 밖에서라도 보게. 나도 나중에 참고할까 해."

쇼코는 타인의 영역에 들어가지 않는다는 규칙을 정해놨지만, 거꾸로 자신의 영역에 들어오는 타인이 있으리라곤 생각하지 못했다.

세타가야의 집에 차를 몰고 간 적은 없었다. 결혼생활을 할 때는 남편이 운전했고, 헤어지고 난 뒤에는 차가 없었다.

하지만 놀랍도록 순조롭게 쇼코는 매일 다니기라도 한 것처럼 목적지까지 운전했다.

겨우 오륙 년 정도 산 동네였다. 그런데도 집에서 가장 가까운 전철역 부근에 이르자 그립고 반가운 마음이 들어 쇼코는 황당스럽기까지 했다. 자주 장을 봤던 슈퍼마켓이나 아이의 생일에 케이크를 샀던 상점 등이 하나씩 쇼코의 기억을 자극했다.

큰길을 지나 좁은 길로 들어가 초등학교 앞에 차를 세웠다.

"여기야?"

"조금 걸을게요. 집 앞에 차를 세울 순 없으니까요."

차에서 내리자 커다란 달이 얼굴을 내밀고 있었다.

서로 아무 말도 하지 않고 숨을 죽이듯 쇼코의 예전 집, 즉 전 남편과 아이가 사는 곳으로 향했다. 평소 말수가 많던 모토코도 말이 없었다.

"여기예요."

쇼코가 주변 집들보다 한층 큰, 하얀 벽으로 된 집을 가리켰다. 현관이 좌우로 두 군데에 있고, 양쪽에 같은 성씨의 문패가 걸려 있다.

"따님 방은 어디?"

"저쪽이에요."

도로에 면한 2층의 작은 돌출창을 가리켰다. 당연히 불은 꺼져 있다. 그래도 곰돌이 인형과 미니장미 화분이 놓여 있는 게 보였다.

"근사한 집이네."

"네."

쇼코가 창문을 물끄러미 바라보고 있자니 모토코가 손을 잡아주었다.

"이제 갈까?"

돌아오는 차 안도 조용했다.

"거봐요, 아무것도 없다고 했잖아요."

쇼코는 모토코의 기운을 북돋우려고 일부러 더 밝게 말했다.

"그저 창문만 보았어요."

"아니, 그렇지 않아."

모토코가 고개를 저었다.

"누군가 걸음을 내디디면 길가의 작은 돌멩이가 움직이지. 공기도 흔들리고. 어떤 일이든 아무 변화가 일지 않는 건 없어."

"그럴까요?"

쇼코는 조금 전 아이방의 창문을 떠올렸다.

곰돌이 인형은 아이가 어릴 때부터 소중히 여기는 것이다. 불안할 때나 무서운 꿈을 꿨을 때 그 인형을 꼭 끌어안곤 했다. 그런데 그게 창가에 놓여 있다는 건 더는 불안한 일이 없다는 의미일까. 아니면 더는 인형을 안고 잠들 정도로 어린아이가 아니라는 의미일까. 방안에 둔 화분은 시어머니의 취향이었다. 큼지막한 제라늄을 많이 키워서 쇼코 부부가 살았던 2층에도 있었다. 아이는 제라늄 잎의 진한 향기를 싫어했다. 미니장미가 놓여 있다는 건 시어머니와 아이 사이에 합의가 있었다는 뜻일까.

사실 쇼코는 알고 있었다. 확실히 뭔가가 움직였음을. 그저 창문을 바라보는 것만으로 엄마는 자식을 느낄 수 있다. 쇼코가 느낀 아이의 상태는 이랬다.

아이는 행복하고 자유롭고 풍요롭게 지내고 있다. 그리고 제대로 성장하고 있다.

쇼코는 조용히 긴 숨을 내쉬었다.

"자, 이제 집에 갑시다."

모토코가 쇼코의 모습을 보고 미소 지으며 말했다.

오사나이 마나부가 귀가해서 쇼코가 모토코의 집에서 나왔을 때 격렬한 허기가 느껴졌다.

'이토록 배가 고픈 건 오랜만인 것 같은데.'

그저 맛있는 음식이 먹고 싶었다. 아무 생각 없이 꿀꺽꿀꺽 맥주를 마시고, 씹는 맛이 있는 음식을 입에 마구 집어넣고 싶었다. 그런 생각을 하며 역 앞을 걷는데 익숙한 우설 요리 체인점의 간판을 발견했다.

'이렇게 서성이다 식당을 찾다니. 에라 모르겠다, 될 대로 되라지.'

식당 안은 아직 손님이 드물었다. 쇼코는 카운터석의 제일 끝자리를 골랐다. 그리고 제대로 보지도 않고 메뉴에서 제일 먼저 눈에 띈 정식과 맥주를 주문했다.

소중한 우설 정식이니 제대로 음미해야지, 라고 생각하면서도 깨닫고 보면 지난밤 일을 떠올리고 있었다. 그러다 문득 정신을 차리니 아직 고기도 마도 매콤한 미소도 절반 넘게 남았는데 보리밥과 맥주는 얼마 안 남은 상태였다.

'맥주를 마시면서 보리밥을 더 먹으면 대체 탄수화물을 얼마나 섭취하겠다는 거야. 요즘 같은 탄수화물 기피 시대에. 아냐, 그래도 먹고 싶은 만큼 먹자.'

"여기요! 보리밥 한 그릇이랑 맥주 한 잔 더 주세요."

"네!"

싹싹한 대답이 들리고 삼각 두건을 두른 여자 점원이 빈 그릇을 치우러 왔다. 곧바로 보리밥이 나온다. 쇼코는 씩씩하게 그 위에 간 마를 부었다.

'조금씩 살살 부어봤자 소용없어. 지금은 먹고 싶은 대로 먹자.'

마덮밥을 호쾌하게 후루룩 넘긴 뒤 매콤한 미소를 입에 넣고 맥주를 마신다.

'마도 탄수화물이네. 오늘은 탄수화물로 몸과 마음을 채우자.'

우설과 마덮밥도 함께 입에 넣는다. 기세 좋게 꼭꼭 씹고 다시 맥주를 마신다.

'역시, 맛있어.'

정오가 되자 회사원들이 하나둘 들어왔다. 그즈음 쇼코 앞의 그릇들도 거의 깨끗이 비워졌다.

'나는 먹고 마시며 살아갈 거야. 살아 있으면 뭔가가 변할 테

고, 그게 어디선가 그 아이에게 이어질 거야.'

그거면 된다.

쇼코는 고개를 살짝 끄덕이고 남은 맥주를 다 비웠다.

일곱번째 술

소시지와 사워크라우트
신주쿠

오늘 아침은 비교적 일찍 일에서 해방됐다.

쇼코는 오전 7시도 안 되어 고객의 집을 나와 몽롱한 정신으로 귀갓길에 올랐다.

'희한하네. 이 시간에 끝나면 오히려 졸려. 피곤한 느낌이 든단 말이지.'

피곤한 건 일의 내용 때문인지도 모른다.

지난밤 쇼코가 지킴이를 한 대상은 어린아이도, 노인도, 동물도 아닌 삼십대 여성이었다.

"좀 특이한 고객이야."

다이치가 전날에 일부러 쇼코를 사무실로 불러 설명했다.

"특이하지 않은 게 있어? 이 일에."

"그건 그렇지. 그래도 내가 얼마 전에 스와핑 같은 일을 당할 뻔한 것보단 훨씬 나으니까 안심해."

"스와핑 같은 일?"

쇼코는 고약한 냄새라도 맡은 것처럼 코에 주름을 지었다.

"부부의 섹스를 봐달라고 하더라고. 고상해 보이는 노부부라 그런 일을 부탁하리라곤 생각도 못했어."

"그래서, 봤어?"

"설마. 성 관련 서비스는 그 어떤 것도 하지 않는다고 분명히 규정에 쓰여 있다고 거절하고 돌아왔지. 그런데도 출장비 만 엔을 주더라."

"규정 같은 게 있었어?"

"그때 그 자리에서 정했어."

"그런데 돈을 받다니, 뻔뻔하기도 하셔라."

"그쪽에서 준 거야. 입막음용이라는 뜻도 있겠지."

쇼코는 저도 모르게 그만 웃음을 터뜨렸다.

"못 막았네. 다 말했잖아."

"괜찮아, 직원끼리 하는 얘기니까."

다이치는 어깨를 으쓱거리며 헛기침을 하더니 앉은 자세를 바르게 했다.

"하지만 지금 얘기하는 고객에 대해선 진지하게 비밀 엄수의 의무를 지켜줬으면 좋겠어."

"비밀 엄수의 의무?"

"나한테도 일의 내용을 얘기하지 않겠다는 것. 너 혹시 야시로 아이카라고 알아?"

쇼코는 고개를 저었다.

"만화가래. 순정만화 쪽."

"그렇구나. 옛날에는 만화도 좀 봤는데 요즘은 안 봐서."

"어쨌든 그 아이카 선생이 중견 만화가래. 내일 출판사에서 주최하는 파티가 있는데, 새벽 2, 3시쯤 집에 돌아오니까 그때부터 그녀가 잠들 때까지 지켜봐달라는 의뢰야."

"그게 다야?"

"응."

"길어봐야 몇 시간 안 되네?"

"그렇게 되려나. 다만 잠들 때까지 선생이 이런저런 얘기를 할 테니 그걸 조용히 들어줬으면 하더라고."

"얘기라니…… 무슨?"

"그래서 비밀 엄수라는 거야. 선생이 한 얘기를 절대 밖으로 누설하지 않도록. 누구에게도. 의뢰인한테도."

"의뢰인이 그 선생 아니야?"

"선생이 아니라 담당 편집자가 직접 신청한 거야."

"그렇구나."

편집자라고 했을 때 쇼코는 언뜻 오사나이 마나부가 머릿속에 떠올랐다.

"맞다, 그거야. 오차노미즈 아파트에 사는 편집장 마나부 씨의 소개야."

다이치가 쇼코의 생각을 꿰뚫어보기라도 한 듯 말했다.

"인기 만화가라면 주변에 사람들이 많겠네. 그 편집자나 어시스턴트가 얘기를 들으면 안 되는 거지?"

"그런가봐. 담당자한테는 간략한 내용만 들려주고 자세한 얘기는 가까운 사람에게 안 한대. 지킴이 시간이 짧지만 정확하게 하룻밤 치 요금을 지불할 거야."

"알았어."

그후 다이치와 몇 가지 주의사항을 확인했다. 선생이 귀가할 때까지 가까운 24시간 카페에서 기다릴 것. 귀가하면 선생이 전화해서 집으로 부를 것임. 선생이 잠들면 돌아가도 좋음.

"열쇠는 어떻게 해?"

"자동잠금 문이라 그대로 나와서 가면 된대."

그렇구나, 하고 쇼코는 어깨를 으쓱했다.

이미 신주쿠역 앞은 출근하는 사람들과 아침에 귀가하는 사람들로 혼잡했다.

'오늘은 곧장 집으로 가서 잘까.'

술을 안 마셔도 숙면을 취할 수 있을 것 같았다.

하지만 역에 들어가자 이른 아침부터 문을 연 빵가게와 카페가 좋든 싫든 눈에 들어왔다. 갓 내린 커피의 은은한 향과 달콤한 빵냄새가 사방에서 퍼져오는 듯했다. 실제로 출퇴근 인파가 잔뜩 오가는 통로까지 냄새가 풍기진 않았지만.

'커피 한잔 마시고 갈까.'

문득 향에 이끌린 순간, 떠오른 장소가 있었다.

'거기로 하자.'

신주쿠역 동쪽 출구의 쇼핑몰 루미네이스트 지하 1층 한구석의 개찰구 옆에 음료를 서서 마시는 자리가 딸린 작은 카페가 있다는 게 생각났다.

'분명 아침 메뉴도 있었던 것 같아. 소시지나 햄도 맛있는데.'

그 집에는 흑맥주와 와인, 청주도 있었다. 어쨌든 오늘 아침은 커피로 충분하겠지만. 아무래도 아침부터 술을 마시는 손님은 없을 터였다.

서서 먹는 소바집 맞은편에 목적지가 있었다.

가게 전면에 덕지덕지 붙은 메뉴가 정겹고 뭐든 맛있을 것 같았다. 안으로 들어가서 보니 진갈색 카운터석과 테이블 차림이

멋졌다.

'영화 〈밀회〉에 나오는 역 대합실이 이런 느낌이었지 않나. 흑
백영화라 색은 잘 모르겠고 공간도 훨씬 넓었지만.'

벽 쪽 카운터 자리에 서 있는 남자들의 손을 보니 다들 맥주나
와인을 즐기고 있다.

'와, 아침부터 알코올 섭취율이 높네.'

쇼코는 술을 마실 마음이 없었다. 어디까지나 커피를 마시고
돌아갈 생각이었다. 그런데 주문대 앞에 서니 자연스레 이렇게
시키고 말았다.

"허브 간 파테*랑 흑맥주 주세요."

'미쳤나봐, 내가 왜 술을 주문하는 거지? 그런데 여기서 마시
면 여자인 것도 아침인 것도 그리 부각되진 않겠는데. 이런 기회
는 놓칠 수 없지. 게다가 맥주랑 와인이 300엔부터고.'

다행히 작은 2인용 테이블이 비었다. 자리에 앉자 왠지 술을
한껏 마실 수 있을 것처럼 마음이 편안했다.

쇼코가 앉은 테이블 앞의 카운터석에서 노신사가 혼자서 필스
너 맥주를 음미하고 있다. 옆 테이블에는 젊은 남자가 와인을 홀
짝이며 수첩에 뭔가를 적고 있다.

---

* 소나 돼지의 간을 갈아 만든 것으로 빵이나 크래커에 발라 먹는다.

우선 흑맥주를 마신다. 일본산 맥주라서 강렬한 특징은 없다. 그래서일까, 이곳에는 원형 술통에 든 기네스도 있다.

'이건 이것대로 마시기 무난해서 좋다. 아침에 특히.'

간 파테에는 빵과 크래커, 양파 슬라이스가 같이 나왔다. 언뜻 딱딱해 보이는 기다란 바게트를 비스듬히 자른 두 조각. 그걸 먹어보니 적당히 씹는 맛이 있으면서 속은 부드럽다. 파테는 물론이고 빵도 맛있다.

'이 정도가 딱 좋지. 간에서도 전혀 냄새가 안 나고. 푸아그라 파테 같아. 아니면 고급 버터.'

크래커에도 파테를 발랐다. 얇게 썰어 물에 담가둔 신선한 양파 슬라이스도 올려봤다.

'아, 이러면 양파가 부각되면서 맛이 또 달라지지. 맵지 않고 향도 없는 양파인데도 이렇게 달라지네. 맥주에도 잘 어울려.'

쇼코는 아침부터 행복하구나 싶어 눈을 살며시 감았는데 그만 방금 전 만화가의 집에서 있었던 일이 떠올랐다.

새벽 3시가 되어도 야시로 아이카한테 전화가 없어 오늘밤은 안 부르는 건가 싶었는데 마침 연락이 왔다.

"당신이 지킴이라고요?"

"네."

"지금 와줄래요?"

전화기 너머에서도 상대가 취했다는 걸 알 수 있었다.

아파트 입구에서 가르쳐준 대로 안으로 들어가 엘리베이터를 타고 위로 쭉쭉 올라갔다. 엘리베이터는 꼭대기로부터 두 층 아래서 멈췄다.

초인종을 누르자 아이카 선생이 현관까지 딱 맞춰 나와주었다. 통화할 때만 해도 그대로 그녀가 잠들어서 안으로 못 들어가는 건 아닌지 걱정했던 터라 쇼코는 다소 안심했다. 그녀는 아직 화장도 안 지우고 옷차림도 파티용 원피스 그대로였다. 쇼코와 비슷한 또래지만 헤어나 메이크업 스타일이 젊은 취향이다. 이십대 정도로 보인다.

"기다리게 해서 미안해요."

역시 목소리는 취해 있었다. 미안해요오, 하고 부자연스럽게 끄는 어미에서 취기가 느껴졌다.

"성함을 물어봐도 될까요?"

"네, 이누모리 쇼코입니다."

"들어오세요."

그녀가 발밑에 슬리퍼를 가지런히 놔준다. 취한 와중에 이러는 걸 보니 타인을 배려할 줄 아는 제대로 된 사람이다.

"지금 옷 갈아입고 올 테니 거기서 기다려줄래요?"

쇼코는 거실로 안내받았다. 집안을 지나치게 유심히 둘러보지 않도록 주의하면서도 방 하나, 거실 하나, 다이닝룸이 있으니 40제곱미터쯤 되려나 하고 가늠해본다.

유리 테이블, 흰 소파, 아주 새것인 전자제품…… 패션잡지나 드라마에 나오는 주인공의 집 같았다. 아이카 선생은 사회적으로 잘나가는 모양이다.

"이사한 지 얼마 안 됐어요. 작업실은 이 아파트의 다른 층에 있고요."

묻지도 않았는데 그녀가 알려줬다.

그녀가 샤워하고 옷을 갈아입는 동안 쇼코는 소파에 앉아 가져온 책을 읽었다.

"기다렸죠."

이번에도 그녀는 드라마 주인공이 입을 법한 새하얗고 폭신폭신한 파자마를 입고 나타났다.

"그럼 침실에서 잘 테니 좀 봐주겠어요?"

"네."

여자끼리지만 침실에 들어가는 건 왠지 긴장됐다. 게다가 지금까지 그녀는 개인적인 얘기를 거의 하지 않았다.

침실은 다다미 여덟 장 정도의 크기에, 대형 더블베드가 있었다. 애인이 있어서라기보단 편하고 느긋하게 쉬기 위해 구입한 듯했다. 방은 흰색과 진갈색으로 톤을 맞추었다.

"나는 여기서 잘 테니 쇼코 씨는 거기 앉아요."

쇼코는 시키는 대로 바로 누운 그녀의 머리맡 옆에 의자를 놓고 앉았다.

불을 껐지만 그녀의 눈이 조그맣게 빛나는 게 보였다.

"항상 이런 식인가요?"

깍지 낀 양손을 가슴 언저리에 올린 아이카가 물었다.

"이런 식, 이라고 하시면?"

"이 일이요, 지킴이 일."

"다양하죠. 노인이나 어린이나 반려동물을 지키기도 하고요, 심야의 빈집을 볼 때도 많아요."

"재미있는 일이네요. 예전에 누군가의 곁에서 잠을 자주는 일에 대한 만화를 본 적이 있어요. 잘생긴 남자가 여자의 집에 가서 곁에서 함께 자는 거예요. 물론 섹스 없이. 그것만으로 여자는 위안을 얻는 거죠."

"몰랐어요."

"재미있더라고요. 추천해요."

"봐볼게요."

아이카는 말이 없었다. 잠든 건 아니고 어둠 속에서 눈을 말똥말똥 뜨고 있었다.

"저기."

쇼코가 큰맘 먹고 말을 꺼냈다.

"왜요?"

"원하는 대로 하시면 됩니다. 뭐든 선생님이 하고 싶은 대로요. 다른 사람이 어떻게 할지, 제가 어떻게 생각할지, 그런 건 신경쓰지 않으셔도 돼요. 선생님이 부르셨으니까요."

아이카는 주변에 지나치게 신경쓰는 사람이 아닐까 싶었다. 이렇게 취했으면서도 쇼코 쪽만 신경쓴다.

그녀는 한동안 말이 없더니 마침내 입을 열었다.

"쇼코 씨가 선생님이라고 부르니까 생각나버렸어요."

"제가 실수했나요?"

"오늘 파티가 있었어요. 알고 있죠?"

"네, 들었어요."

"일 년에 몇 번 출판사에서 주최해서 만화가들이 한자리에 모이는 파티예요. 큰 호텔 연회장에서 열리고 꽤 호화로운 음식도 나오죠. 다들 나름대로 한껏 멋을 부리고 와요. 평소엔 만화가들이 거의 집에 틀어박혀 일하니까 그런 때가 유일한 사교의 장이라 할까."

"그렇겠네요."

"매번 나는 꽤 기대를 많이 해요. 맛있는 것도 먹을 수 있고 예쁜 옷도 입을 수 있고 다른 만화가들도 만날 수 있고. 어릴 적부터 동경했던 선생님도 만날 수 있으니까요."

"굉장하네요."

"저기."

"왜 그러세요?"

이번에는 아이카가 결심한 듯 말했다.

"내가 하는 말에 일일이 대답하지 않아도 돼요. 아니, 하지 마요. 내가 대답을 요구할 때만 해줘요."

"알겠습니다."

쇼코는 어둠 속에서 아이카의 눈을 보고 살짝 고개를 끄덕였다. 그렇게 하시면 됩니다, 편하게 하세요, 라는 마음으로.

"나를 선생님이라고 불렀어요. 그런데도 나는 말을 제대로 못했어요."

쇼코는 누구한테요, 라고 묻는 대신 고개를 갸우뚱했다.

"그 남자, 아마 기자일 거예요. 있죠, 파티에는 만화가뿐 아니라 여러 사람들이 와요. 대부분 만화가와 편집자이지만 그 외에도 평소 신세지는 신문이나 잡지 기자, 저자 같은 사람들도 초대해요. 그래서 편집자가 전에 내 만화에 대해 잡지에 호평을 써준 기자를 소개해줬어요. 엄청 기뻤어요. 좋은 기사를 써줬으니 고맙다는 말을 하고 싶었죠. 그런데 그 사람이 나를 야시로 선생님이라고 부른 거예요."

"선생님이라고 하면 안 되나요?"

아이카의 눈이 이쪽을 향하기에 쇼코는 대답해주기를 바라는 건가 싶어 물었다. 만화가나 작가에게 경칭으로 선생님을 붙이는 경우가 많다. 그 정도는 쇼코도 알고 있었다.

"물론 만화가들끼리는 선생님이라고 부르는 게 습관처럼 되었어요. 의사들처럼 말이죠. 오래된 관습이기도 하고 서로가 그렇게 부르니 애칭 같아서 별로 신경이 안 쓰여요. 하지만 외부 사람은 이해 못할지도 모르죠. 그래서 나는 기자들이 그렇게 부르면 왠지 겸연쩍어 '선생님이라고 하지 마세요' 하고 말하는데, 그때는 순식간의 일이었고 그대로 얘기가 이어지는 바람에 말할 기회를 놓쳐 계속 선생님이라고 불려서……"

아이카가 양손으로 얼굴을 감쌌다.

"그 기자는 분명 내가 선생님이라 불리는 데 익숙하고 거만한 사람이라고 생각했을지 몰라요."

쇼코는 고개를 흔들어 보였지만 아이카에게 보이지 않는 듯했다.

"그뿐만이 아니에요. 그러고서 이번엔 예전부터 매우 존경하는 『복숭아색 산호초』의 고토부키 아오이 선생님을 소개받았어요. 전부터 꼭 한번 뵙고 싶어서 편집자에게 부탁까지 했을 정도

로 정말 좋아하는 선생님이에요. 순정만화의 시조라 불리는 분
이니까요. 그런데……"

아이카의 목소리가 거의 절규에 가까워졌다.

"나도 참, 직전까지 '선생님'이라 불린 게 머릿속에서 계속 신
경쓰였는지 실수로 그만 고토부키 씨라고 불렀지 뭐예요. 아아
아아……"

아이카는 이불 속에 머리를 파묻고 신음했다.

"그것도 한 번이 아니라 세 번씩이나. 고토부키 선생님은 크게
놀란 표정을 지었고요. 도중에 저도 알아채긴 했지만 허둥대는
바람에 제대로 정정하지 못했어요. 그분은 나를 선생님이라 불
러주셨는데."

"괜찮아요. 신경 안 쓰실 거예요."

가만히 있으라는 말을 들었지만 어려웠다. 쇼코는 얼떨결에
끼어들고 말았다.

"안 괜찮아요. 아마 고토부키 선생님은 나한테 어이가 없었을
거예요. 아, 왜 나는 그런 실수를 한 걸까."

쇼코는 위로하는 말 대신 아이카의 등을 가볍게 토닥였다. 그
러자 간신히 그녀가 이불 속에서 얼굴을 빼꼼히 내밀었다.

"이번만이 아니에요. 나는 항상 파티에서 실수를 해요. 술을
마시잖아요. 그럼 기분이 좋아져서 이런저런 얘기를 너무 많이

해 다른 사람을 불쾌하게 하거나 질려버리게 만든다니까요. 그래서 집에 돌아온 뒤엔 엄청나게 침울해지고, 파티에서 나눴던 대화나 일어났던 일이 며칠이고 줄곧 머릿속에서 반복돼 만화도 못 그리고."

이거구나, 하고 쇼코는 마침내 이해했다. 이것이 아이카와 편집자가 쇼코를 부른 이유였다.

"이런 말로 위로가 될지 모르겠지만, 보통 그렇지 않나요? 파티라는 게 그런 거 아닐까요? 다들 마시고 취하고 쓸데없는 말을 하기도 하고 듣기도 하고."

"그렇지 않아요, 나는 금방 취해버려서 문제가 심각해요."

그거 말고도, 하며 아이카가 말을 이었다.

파티에서 그녀는 "나이 서른이 넘으면 여자도 뻔뻔해지잖아요" 하고 자학 개그를 할 생각이었다. 그런데 그 자리에 있던 사십대 선생이 그후 자리를 떠버린 것이다. 새 술을 가지러 간 건가 싶었지만 그녀는 돌아오지 않았다. 분명 기분이 상했기 때문인 듯했다. 게다가 편집장이 음식을 권했는데 그 선생이 "필요 없어요" 하고 거절하는 투로 사양했다고 한다……

아이카가 하는 얘기는 전부 사소한 일들이었다. 성공한 만화가인 그녀가 그렇게까지 신경쓰지 않아도 될 법한 일들.

하지만 이토록 예민한 사람이기에 그런 직업을 가질 수 있는 건지도 모른다.

"괜찮아요."

이번에는 아이카가 말했다. 울먹이는 목소리였다.

"내가 지금은 비록 이렇게 말해도 며칠 지나면 점점 흐릿해질 테니까. 그러리라는 걸 알고 있으니 괜찮아요."

"하지만 그때까지는 힘드시죠?"

"뭔지 알죠? 맞아요, 힘들어요. 나 자신이 바보 같아 주눅들고, 지금처럼 같은 말을 계속 혼자 중얼거리다가 겨우 나아져요."

아이카는 베개를 끌어안고 으앙, 하고 아이처럼 울음소리를 냈다.

쇼코는 또다시 그녀의 등을 쓰다듬었다. 위로의 말을 건네기보다 그저 그녀 안에 있는 걸 뱉어내게 하는 편이 좋을 것 같았다.

"늘 생각해요. 나 같은 사람은 남 앞에 나서지 않는 게 낫다고. 안 나서면 실수도 안 할 거고 남에게 상처 주는 말도 안 할 거고…… 이제 그 누구 앞에도 나서지 않을 거야. 노트르담의 꼽추처럼 방안에 틀어박혀 살 거야…… 그치만 파티에도 가고 싶어. 만화가가 되는 건 옛날부터 꿈이었고, 가끔 다른 선생님도 만나고 싶고, 동경하던 사람들도 많이 온단 말이야."

그녀의 오열이 점점 잦아들더니 마침내 새근거리는 숨소리로 바뀌었다.

"만화가도 나름대로 힘든 일이고, 기질도 타고나야 하는구나."

쇼코는 한숨을 쉬고 흑맥주를 남김없이 들이켰다. 지갑을 들고 일어나 주문대에서 먹을 걸 더 시켰다.

"소시지와 사워크라우트*, 그리고 하우스와인 레드로 주세요."

"네. 소시지는 테이블로 가져다드리겠습니다."

와인만 들고 자리로 돌아와 한 모금 꿀꺽 마신다.

'보디감이 가볍다고 적혀 있었지만 맛이 깊은 와인이야. 이거면 충분히 소시지에 어울릴 듯해.'

남은 파테와도 마셔본다.

'이것도 좋네. 이걸 300엔에 팔다니. 하우스와인이 맛있는 집은 훌륭해. 아니, 그보다 하우스와인을 날림으로 하는 가게는 엿이나 먹으라고.'

그러는 사이에 소시지가 나왔다. 길쭉하고 하얀 소시지에 사워크라우트가 듬뿍 올라가 있다.

우선 소시지를 한입. 껍질은 탱글탱글하게 씹는 맛이 있고 속은 부드럽다.

'이거 의외네. 전체적으로 단단한 비엔나소시지 같은 건가 했

---

* 잘게 썬 양배추를 발효시킨 독일 음식.

는데. 속의 부드러운 부분이 맛있어. 고급스러운 파테 같아.'

이어서 사워크라우트를 입에 넣는다.

'신맛이 적구나. 샐러드 대용으로 실컷 먹을 수 있겠어. 그래서 양이 많은가보다.'

거기에 와인을 마시자 피로가 풀리는 듯했다.

'아이카 선생도 아예 술을 한껏 마시고 푹 자버리면 좋을 텐데.'

애초 불만이나 피로를 해소해줘야 할 술이 오히려 스트레스를 가중시킨다는 게 안타까웠다.

쇼코에게는 안 그래도 스트레스를 잘 받는 아이카가 기분 전환을 원활히 못하는 것처럼 보였다.

'즐거운 일을 찾아 평소에도 조금씩 발산해야 하는데.'

다음에 만나면 그렇게 조언해줄까, 아니 싫어하려나. 이래저래 고민하다 쇼코는 자신이 아이카와 두 번 다시 만나지 않을 가능성이 높다는 사실을 깨달았다.

'상대가 불러주지 않으면 수요가 없는 셈이니까.'

실제 일을 시작하고 지킴이로 두 번 이상 만나는 사람은 많지 않았다.

쇼코는 와인을 입에 머금고 그대로 가만히 음미한다.

왠지 서글픈 기분이 들었다. 그런 기분이 든다는 게 신기했다.

이 일을 시작할 무렵에는 느껴본 적 없는 감정이었다.

'아니, 나 같은 사람을 부르지 않는 게 행복한 일일지도 모르지. 나를 부르지 않는 건 고객이 행복하다는 증거라고 생각하자. 상대가 잊었더라도 내가 기억하면 되니까.'

쇼코는 지금껏 심야에 자신을 불러준 고독한 사람들의 행복을 진심으로 기원했다.

여덟번째 술

바쿠테
주조

거대하단 말이 아깝지 않은 상점가였다.

'이런 곳은 도쿄에서도 이제 보기 드물지 않나.'

쇼코는 주위를 두리번두리번 둘러보며 걸었다. 그 모습이 볼썽사납다고 생각하면서도 그러지 않고는 못 배길 만큼 매력과 활기가 넘치는 곳이었다.

'무사시코야마도 상당히 큰 아케이드식 상가였는데 주조긴자는 한층 더 크네.'

홋카이도 동부 지역에서 자란 쇼코에게 상점가나 아케이드는 보기 드문 것이었다. 예전에는 몇 군데 있었는지 모르겠지만 쇼코가 어릴 때부터 이미 대형 슈퍼마켓과 쇼핑몰, 주차장이 딸린 드러그스토어에 차를 타고 다니는 시대였다.

양옆으로 다닥다닥 상점들이 즐비하다. 중노년의 여자들이 저마다 화려한 쇼핑카트를 끌고 있다. 분홍색, 초록색, 갈색, 남색으로 입고 있는 옷은 각양각색이지만 다들 한결같이 칙칙한 채도라는 점이 재미있다. 개성이 없을 것 같으면서도 자세히 보면 저마다 뚜렷한 특징이 있고 서로 다른 분위기를 띠었다.

과연 이게 인생의 연륜이란 거구나, 쇼코는 진심으로 감탄했다.

일을 마친 후라 몸이 찌뿌둥했고 이번에는 특히 쉽지 않은 경우였다. 그럼에도 쇼코는 상점가의 활기에 등을 떠밀리듯 골목길을 돌며 가게들을 구경했다. 주조긴자의 매력에 이끌려 피로가 스르륵 풀린다.

큰길 중간쯤에 중노년 여자들이 북적이는 코너가 있었다. 가까이 가봤더니 골판지상자에 가지각색의 속옷과 양말이 가득 담겨 있었다.

'와, 이 팬티가 199엔이라고? 양말은 60엔? 사람들이 모일 만하네.'

쇼코는 무심코 두 장에 299엔이라는 가격표가 붙은 심플한 디자인의 속옷과 따뜻해 보이는 양말을 집었다. 이혼한 뒤로 자기 몸에 걸치는 건 전혀 사지 않았다. 그런 쇼코마저 지갑을 열게 만드는 마성의 상품 구색과 가격이었다.

"이건 말이죠, 컵 부분이 망사 소재로 되어 있어 여름에도 시원해요. 냉방 때문에 차가워지지도 않고요."

옆에서 여자 점원이 노부인에게 설명하고 있다. 뭔가 싶어 보았더니 브라컵이 내장된 캐미솔이 420엔이다. 쇼코도 얼떨결에 바구니에 한 장 던져넣었다.

'저렴한데 군제나 후쿠스케* 제품도 많아. 어쩜 이렇게 싸지?'

한 켤레에 100엔 하는 스타킹까지 사서 가게를 나왔다.

싱싱하고 윤기가 흐르는 오징어를 늘어놓은 생선가게, 감자도 양파도 한 봉지에 100엔인 청과상 등에 쇼코는 눈길을 빼앗겼다. 주 메뉴가 닭튀김인 아주 저렴한 반찬가게에서 한 개에 10엔인 치킨볼도 포장했다.

고객의 집에서 오전 9시 30분경에 나와 점심을 먹기에는 시간이 일러 오늘은 곧장 집에 가야겠다고 생각했는데 그만 옆길로 새고 말았다. 11시가 지나자 사람들이 한층 더 많아진 것 같았다.

'11시가 이 동네 개점 시간인가보다.'

이렇게 되자 점심도 먹고 싶어졌다. 분명 합리적인 가격에 음식이 맛있는 식당이 모여 있을 것이다.

'소바집, 양식당, 라멘집…… 어느 하나 버리기 힘드네.'

골목길을 빙빙 도는데 새빨간 간판이 불현듯 눈에 꽂혔다.

---

* 둘 다 속옷 및 스타킹을 전문으로 판매하는 일본 기업.

육골차肉骨茶.

저 강렬한 이름이 바쿠테라 불리는, 싱가포르와 말레이시아의 명물 요리라는 걸 쇼코는 알고 있었다.

'바쿠테. 오랜만이네.'

왈칵하고 반가운 마음이 들어 식당 문을 밀었다. 안으로 들어가자 한약냄새가 코를 찌른다.

"어서 오세요!"

인상이 좋은 젊은 여자가 미소로 맞아주었다.

"편한 자리에 앉으세요."

카운터석이 두 줄로 배치되어 있다. 창가의 카운터석에는 낮은 의자를, 맞은편 주방과 마주한 쪽에는 높은 스툴을 두었다. 쇼코는 낮은 의자가 있는 자리를 골랐다. 식당 안의 손님은 쇼코뿐이다.

"메뉴입니다."

점원이 사진이 들어간 메뉴판을 내밀었다.

"바쿠테는 돼지갈비를 푹 끓인 국물인데 고기의 양에 따라 가격이 달라져요."

가만히 메뉴판을 보고 있는 쇼코의 모습에 바쿠테를 모른다고 생각했는지 점원이 친절하게 설명해줬다.

그 외에 바쿠테를 이용한 카레와 국물에 넣을 토핑이 있을 뿐

거의 바쿠테만 전문으로 하는 식당인 듯했다.

'독특하네. 일본에선 바쿠테를 싱가포르 요리의 하나로 취급하는 정도인데 전문점이라니.'

"바쿠테와 밥 세트에 토핑은 유탸오. 그리고 타이거 맥주 주세요."

여기서는 생맥주가 아니라 싱가포르의 타이거 맥주를 마셔줘야 한다. 유탸오는 튀긴 빵과 유부의 중간쯤인 중화권 고유의 음식이다. 국물에 찍어 먹는다.

역시 오전 11시부터 점심을 먹는 사람은 없는 모양이다. 주문을 마치고 나자 식당에 정적이 흘렀다.

'싱가포르와 말레이시아에선 아침식사인데.'

쇼코가 바쿠테를 알게 된 건 전문대에 다니던 시절이었다.

고등학교 때, 전근한 부모님을 따라 이사온 이케타니 나루미라는 여자애와 친해졌다. 나루미의 부모님은 금융업계에 종사했다. 어린 시절부터 빈번하게 이사를 반복해온 그애에겐 뭔가를 터득한 듯한 독특한 분위기가 있었다. 지나치게 사이가 가까워 자칫 질척거리기 쉬운 고향 홋카이도의 인간관계와 선을 그은 그 소녀에게 쇼코는 강하게 이끌렸다. 나루미가 들려주는 '바깥세상' 이야기는 뭐든 재미있었다.

"고마워."

다시 다른 곳으로 떠나게 됐을 때 나루미는 그애답게 무뚝뚝한 감사인사를 전했다.

"네가 있어서 최근 이삼 년은 착실히 보낼 수 있었어."

나루미는 그때까지 몇 번이나 심한 따돌림을 당했다고 했다.

그로부터 일 년 뒤, 부모님과 싱가포르로 이사간 그애가 "놀러와" 하고 초대해줬다. 쇼코의 첫 해외여행이었다. 거기서 나루미가 바쿠테를 알려줬다. 요즘 가장 푹 빠져 있는 음식이라면서.

먼저 맥주와 작은 접시가 나왔다.

"이건 오토시*예요. 바쿠테 국물로 조렸어요."

곤약과 우엉 등 일본에서 흔한 식재료를 한약재와 함께 조린 것이었다. 쇼코는 호기심에 젓가락을 들었다.

'희한한 맛이다. 맛있는데.'

맥주와 오토시를 조금씩 먹던 중 바쿠테가 나왔다.

진한 갈색 국물 안에 큼직한 돼지갈비가 두 개 들어 있다. 살코기가 넉넉히 붙어 있다. 그 외에 흰쌀밥과 유탸오가 담긴 그릇, 작은 채소샐러드가 나왔다.

"소스랑 마늘, 풋고추가 있으니 취향에 맞게 넣어 드세요. 국물은 무제한으로 드실 수 있습니다."

---

* 식당이나 술집에서 주문받은 요리 전에 내놓는 간단한 음식.

점원이 가리키는 방향에 간장 용기와 간 마늘, 둥글게 썬 풋고추가 담긴 그릇이 있었다.

'국물을 리필할 수 있다니 본격적인 집이네. 일본의 바쿠테 식당 중에선 처음이 아닐까.'

싱가포르든 말레이시아든 바쿠테 전문점에선 가게 한쪽에 점원이 커다란 주전자를 들고 서서 손님들의 국물이 줄어들면 다가와 좌르르 부어주곤 했다.

일단 제일 먼저 사기 숟가락을 들고 국물을 호로록 마셔본다.

'아…… 이건 본고장 말레이시아의 바쿠테 맛이다.'

구수한 돼지고기 국물에 한약냄새가 배어 있다. 싱가포르의 나루미네 집에 갔을 때 말레이시아령인 인근 마을 조호르바루를 방문했는데 그때 먹었던 맛이다.

같은 갈비 국물이라도 한약을 넣고 끓이는 게 말레이시아식이고, 고기 국물 자체를 즐기는 게 싱가포르식이다. 둘 다 맛있다.

젓가락으로 살코기를 살짝 잡아당기자 뼈에서 쏙 분리됐다. 덥석 입에 넣는다. 돼지갈비인데도 전혀 기름지지 않고 고깃덩어리째 스르르 녹을 정도로 부드러웠다.

'맛있어. 고기에도 맛이 제대로 배었네.'

그런 다음 유탸오를 국물에 담갔다. 양파그라탱수프에 띄운 빵처럼 국물이 스민 부분을 먹는다.

맥주를 꿀꺽 마신다. 가벼운 타이거 맥주가 고기와 잘 맞는다.

싱가포르는 바쿠테 전문점이 대부분 바다나 항구 쪽에 있다. 과거에 항만 노동자들이 먹던 것으로, 이른 아침부터 격렬한 육체노동을 한 사람들이 에너지를 얻기 위해 먹는 음식이라고 들었다.

'고기를 먹고 뼈를 우린 국물을 마시고, 정말 살아 있다는 느낌 그 자체다.'

"자네는 내가 죽지 않도록 감시하러 온 거지?"

고기를 씹고 뜯는 와중에 홋타 야스오의 말이 가슴에 맴돌았다.

홋타 야스오의 집은 주조역에서 걸어서 십 분 정도 거리에 있었다.

일본식 단독주택으로, 상당히 오래된 건물이었다. 미리 들은 대로 쇼코가 초인종을 울리자 현관 옆 작은 창문에서 야스오가 고개를 내밀었다. 그는 잠에서 깬 지 얼마 안 된 듯 머리가 부스스했고 얼굴은 창백하고 건강이 나빠 보였다. 그래도 머리칼이 새까매서 쇼코가 들은 대로 예순다섯 살보다는 젊어 보였다.

"자네는 내가 죽지 않도록 감시하러 온 거지?"

쇼코는 뭐라고 대답해야 좋을지 몰랐지만 사실 의뢰받은 일이 바로 그거였다.

"……그렇습니다."

그는 한동안 가만히 쇼코의 얼굴을 보더니 고개를 끄덕였다.

"지금 열어줄게."

드르륵하고 그가 현관의 미닫이문을 열어줘 쇼코는 안도했다. 혹시 집에 못 들어오게 하진 않을지 걱정됐기 때문이다. 집안은 깨끗하게 정돈되어 있었다.

"도도랑 다른 친구들한테는 의뢰하지 않아도 된다고 했는데."

혼잣말하듯 중얼거리며 그가 차를 끓였다.

"신경쓰지 않으셔도 돼요."

"나도 마실 거라서."

반년 전, 야스오는 아내 사에코를 잃었다고 했다.

그는 화가이고 아내는 고등학교 미술교사인 예술가 부부였고 자식은 없었다. 미대를 다니던 시절에 서로 알게 되어 그대로 결혼했고, 온종일 좋아하는 그림을 그리며 친구들과 모여 살았다.

사에코가 예순다섯 살이라는 젊은 나이로(지금으로선 젊다고 해야겠지) 죽고 난 뒤, 야스오는 몇 번이나 죽고 싶다는 뜻을 내비쳤고 실제로도 두 차례 자살을 시도했다고 한다. 부부에게 지인들이 많았기에 대학 시절 친구나 야스오의 회화교실 학생들이 매일 그를 지켜봐왔고. 그런데 지난밤은 도저히 아무도 시간이 나지 않아 쇼코를 부른 것이다.

냄새가 없는 집이네, 하고 쇼코는 야스오와 마주앉아 차를 마시면서 생각했다.

사전에 설명을 듣고 예상했던 냄새, 즉 테레빈유 같은 미술 재료 냄새나 향을 태우는 냄새는 나지 않았다.

"사에코는 저쪽에 있어."

쇼코의 마음을 헤아린 듯 그가 무표정하게 방 한구석을 가리켰다. 불단은 없고 그저 작은 흰색 상자가 있었다. 유골 단지가 들어 있으리라.

"무덤에는 넣지 않을 거야. 불단도 안 둘 거고. 우리집 조상들이 대대로 모여 있는 무덤 따윈 사에코에게 답답할 테니까. 무덤 속에서까지 대수롭지 않은 우리 부모를 신경쓸 필요 없어. 계속 나와 함께 있을 생각이야."

마치 쇼코가 그 '대수롭지 않은 부모'이기라도 한 것처럼 야스오는 도전적으로 선언했다. 쇼코는 그렇군요, 하고 대꾸할 수밖에 없었다.

차를 다 마시자 아무것도 할 게 없었다.

"편히 쉬세요. 아니면 원하는 대로 시간을 보내세요. 저는 여기 있을 테니까요."

쇼코는 그렇게 말했다. 야스오는 어깨를 으쓱거렸다.

"유골을 둔 집에 있는 게 무섭지 않아? 싫지 않아?"

"현재로선 딱히요."

"흠."

"밤엔 주로 어떻게 지내세요?"

쇼코가 물었다.

"대부분 깨어 있지. 지금은 밤낮이 바뀌었거든. 뭐, 낮에도 푹 잠들진 않아. 사에코가 죽은 뒤로."

쇼코가 잠자코 있자 "사에코의 그림 볼래?" 하고 그가 물었다. 그러고는 대답할 겨를도 주지 않고 일어나 2층으로 올라갔다.

2층 방에는 아틀리에처럼 그림과 화구가 빽빽이 놓여 있었다. 풍경화와 인물화가 반반이었다. 있는 그대로 솔직하게 그려내 어딘가 쓸쓸함이 묻어나는 풍경화와 강렬한 시선이 보는 이를 향하는 인물화의 붓 터치가 전혀 달라서 쇼코는 부부 각자의 그림이 섞여 있을 것이라 생각했다.

"이것이 사에코의 그림."

쇼코의 예상대로 그가 풍경화를 가리켰다.

"이쪽이 내 그림."

인물화였다.

"어때?"

"그림이 예쁘네요."

"좋은 그림이지?"

"요즘은 별로 안 그리시나요?"

"어떻게 알아?"

"유화물감 냄새가 안 나서요."

"아내가 죽은 뒤로 붓을 잡을 마음이 안 들어."

그는 가만히 그림을 바라보았다. 그리고 갑자기 양손으로 얼굴을 감쌌다.

"사에코가 더 좋은 그림을 그렸어. 하지만 교사가 되어 나를 뒷바라지했지. 그녀를 자유롭게 해줬다면 훨씬 훌륭한 그림을 그렸을지도 모르는데."

사에코가 정년을 맞이했기에 앞으로 느긋하게 전 세계를 여행하고 그림도 실컷 그리게 할 생각이었던 것 같다. 하지만 그녀는 작년 가을에 유방암으로 쓰러졌고 올해 초, 너무도 빨리 세상을 뜨고 말았다.

야스오는 그 과정을, 사에코의 투병과 죽음, 그리고 그후의 대처 등을 쇼코가 묻지도 않았는데 얘기해줬다. 대부분 사전에 그의 친구이자 의뢰인인 도도에게 들었던 내용이지만 쇼코는 잠자코 있었다.

"줄곧 몸 상태가 안 좋고 나른하다 했는데, 내가 병원에 가보라고 해도 안 가더라고…… 더위를 타서 그런 거라며. 가을에 거의 끝다시피 해서 데려갔을 땐 이미 유방암 4기였어. 그게 계속 마음에 남아서…… 억지로라도 더 일찍 데리고 갈걸 그랬어. 사에코는 내가 죽게 한 거나 마찬가지야."

"그런 말씀 마세요……"

"쓸 수 있는 모든 항암제를 써봤지만 그래도 결국 실패하고 말았어. 사에코는 고통스러워했고 약을 쓸 때마다 기력이 쇠했지. 치료하지 않았다면 오히려 좀더 오래 살았을지도 몰라. 모든 게 다 내가 치료를 권했기 때문이야."

"그랬군요."

"우리는 양쪽 집안에서 결혼을 반대했기 때문에 부모와 인연을 끊고 살았어. 사에코의 부모는 화가 나부랭이처럼 생활력 없는 남자는 안 된다고 하고, 우리 부모는 어느 집안 자식인지 모르는 며느리는 절대 반대라고 해서."

야스오의 집안은 어느 지방의 무사 혈통 가문인 듯했다. 그는 많은 토지를 소유한 집의 셋째 아들이라고 한다.

"사에코는 장례식도 법명도 필요 없다고 말하곤 했어. 학교 선생님이었으니 제자들이 작별인사를 하고 싶어했지만 내가 거절했지. 그런 걸 하면 사에코가 죽은 걸 인정하게 되는 거니까. 그런데 사에코의 부모님이 장례를 꼭 치르고 화장한 유골을 그쪽 집안 묘에 넣고 싶다고 해서 서로 소리지르며 싸우고는 내쫓았어. 내가 장례식을 안 한다니까 사에코가 저승에서 울고 있을 거라고 하더군. 치를 필요가 없다고 한 건 사에코의 유언인데."

"……사랑받으셨네요."

"뭐라고?"

"아내분이 사랑을 많이 받으셨네요."

"그럼. 사에코는 내 뮤즈니까."

"아뇨, 사에코 씨의 부모님한테요. 집 떠난 지 몇십 년이나 된 딸을 가족묘에 넣고 싶어하다니, 어지간히 애정이 깊지 않으면 할 수 없잖아요."

쇼코는 끼어들지 않으려 했지만 그만 감정이 실린 목소리가 나오고 말았다.

말허리를 뚝 잘린 야스오가 순간 쇼코를 노려보았다.

"아, 죄송해요. 제 친구가 가족과의 불화로 가출했다가 그후 알게 된 사람과 결혼했는데 남편의 가정폭력으로 이혼한 일이 있거든요. 어쩔 수 없이 아이를 데리고 돌아갔지만 친정에서 받아주지 않았고요."

"아니, 그건 세간의 이목을 신경쓰느라 그런 것뿐이야. 그런 부모니까."

쇼코는 대답 없이 그저 고개를 끄덕였다.

"어쨌든 부모님에게도 남편분에게도 사랑받았으니 아내분께선 행복하지 않았을까요."

"자네는 입에 발린 위로를 잘도 하네."

"죄송합니다. 이제 아무 말도 안 할게요."

기분이 상해서 그가 더는 말하지 않을지도 모른다고 생각했는데 얘기는 아침까지 계속됐다. 얘기를 듣는 사이 하얗게 동이 터왔다.

오전 9시가 되자 야스오의 친구 도도가 찾아왔다. 고등학교 친구라고 들었는데 머리가 새하얘서 야스오보다 좀더 나이가 들고 차분해 보였다.

"감사합니다."

쇼코가 현관에서 맞이하자 그가 고개를 깊이 숙이며 감사인사를 전했다.

"아니에요, 저야말로 감사합니다."

"그 친구, 어떻게 하고 있습니까?"

"2층에서 주무세요. 지난밤에 이런저런 얘기를 하다 조금 피곤하셨는지 새벽녘에 잠드셨어요."

"다행이네요."

그럼 저는 이만, 하고 쇼코가 가방을 들고 일어서려는 순간 도도가 목소리를 낮춰 말했다.

"잠시 얘기 좀 나눌 수 있을까요? 물어보고 싶은 것도 있어서요."

목소리 톤으로 봐서는 분명 야스오에 대해 얘기하고 싶은 듯했다.

"그 친구는 좋은 남자입니다. 학생 때부터 그랬죠. 다정하고 남자다운 면도 있고, 이해타산을 따지지 않고 남을 도와줄 줄 아는. 내 인생에서 만난 사람 가운데 가장 믿을 수 있는 남자라고 생각해요."

"그런 분 같아요."

쇼코도 동의했다. 확실히 야스오는 다소 세상과 동떨어진 면은 있지만 심술을 부리거나 거짓말하는 일이 없고 올곧은 사람인 듯했다.

"그래서 이번 일로 그를 잃고 싶지 않아서요."

"무슨 말씀인지 이해해요."

"그런데 좀처럼 다시 회복하질 못하네요. 저렇게 밤새 사에코 얘기만 반복하다보니 지켜보러 오는 친구들도 하나둘 줄었고요."

그것도 맞는 말이라 생각했다. 아무리 좋은 친구라도 다들 자기만의 생활이 있으니까.

"우리 같은 영감이라도 아직은 바쁠 때가 있으니까요."

"네."

"오늘은 쇼코 씨가 얘기를 차분히 잘 들어주어 다행이에요. 다들 열심히 듣긴 하지만 몇 번이나 들은 내용이기도 하고 원래 아는 얘기다보니 주의가 좀 흐트러지거든요. 그러면 야스오가 크게 상처를 받아서 어떻게 하면 좋을지 모르겠어요."

순수한 녀석이라.

도도가 나지막이 내뱉은 말에서 그가 얼마나 야스오를 소중히 여기는지 느껴졌다.

"어떻게 생각했어요? 솔직히 그의 얘기를 듣고."

도도가 살짝 몸을 앞으로 내밀었다. 그 표정을 보고 그가 지킴이를 요청한 건 사실 이것 때문일지도 모른다는 생각이 들었다. 완전한 타인의 입장에서 야스오를 보는 것.

"그 친구 회복할 수 있을까요? 본인은 이제 괜찮다고 하지만 혼자 둬도 될까요? 제삼자의 입장에서 보았을 때 어떻습니까?"

"저는 전문가가 아니라 확실한 말씀은 못 드립니다만."

"그래도 사에코가 죽고 난 뒤 그 집에 들어간 외부인은 쇼코 씨뿐이에요. 병원이나 카운슬러에게 가보라는 말은 아직 못하겠어요."

"……너무 자유로우신 게 아닌가 싶어요."

"자유?"

"네. 야스오 씨는 자녀도 없고 친척과의 관계도 소원한데다 하는 일도 자유로운 직종이죠. 그러니 아내분이 돌아가셨어도 응당 행해야 한다는 규범이랄까, 규칙이나 규정 같은 게 아무것도 없어요."

"규정이라…… 그렇군요."

도도가 팔짱을 끼고 생각에 잠기는 표정을 지었다.

"그래서 장례식도 납골도 하지 않으시죠. 요즘 그런 분들이 많은 듯하지만. 장례식이나 친척들을 응대하는 일이 번거로워도 그런 과정을 거치는 동안 점점 체념한달까, 죽음을 받아들이게 되는 점도 있다고 생각하거든요. 죽음을 받아들이는 게 그리 간단히 말할 수 있는 건 아니지만 그래도 장례를 치르는 일에는 그런 측면도 있다고 생각해요."

쇼코는 자신의 어머니를 떠올렸다. 쇼코가 중학생일 때 암으로 돌아가셨다. 무엇보다 괴로웠던 건 학교에 가야만 하는 상황이었다. 예전과 똑같은 일상을 보내는 걸 견딜 수 없었다. 더는 어머니가 없는 세상에서.

하지만 매일의 사소한 일들, 따분한 수업을 듣고 체육 시간에 몸을 움직이고, 복도를 뛰다가 옆 반의 무신경한 선생님이 불러 세워 "쇼코, 어머님 일은 안됐구나" 하는 위로의 말을 듣고…… 그런 일 하나하나가 쇼코를 조금씩 다시 일어설 수 있게 했다.

"아주 쉽게 단적으로 말해서, 장례식을 하는 게 좋지 않을까요? 납골도요. 그리고 앞으로의 일은 전문가와 상담하는 게 좋을 것 같아요. 모두를 위해서라도요."

쇼코는 한마디로 설명할 수 없고 오해를 살지도 모른다고 생각하면서도 그렇게 말했다.

"우리는 구시대에 반항하면서 그걸 타파하고자 했던 세대라 야스오 같은 선택도 가능하겠다고 생각했어요."

그렇군, 의식을 갖춰야 해, 의식을, 하고 도도는 몇 번이나 중얼거렸다.

야스오와 그 친구들을 생각하는 사이, 쇼코는 바쿠테를 남김없이 다 먹었다.

국물을 다 마신 그릇에 희고 단단한 뼈 두 개가 데구루루 굴렀다.

아홉번째 술

큐브스테이크
신마루코

입구가 널찍한 가게였다. 유리로 된 미닫이문 너머로 즐겁게 술을 마시는 사람들의 모습이 보인다. 왁자지껄하고 시끌벅적한 소리가 유리 너머로 들려오는 듯했다.

쇼코는 그 가게 앞에서 우산을 쓰고 묵묵히 서 있었다. 서쪽 해안에서 계절에 맞지 않는 냉기가 간토 지역 상공으로 흘러들더니 갑자기 차가운 비가 되어 내렸다. 일기예보를 제대로 듣지 않은 탓에 쇼코는 얇은 후드재킷 하나만 입고 나온 상태였다. 작은 접이식 우산으로는 비를 다 피할 수 없어 어깻죽지가 젖었다. 자연히 몸이 바르르 떨렸다.

안에 들어가서 기다리고 싶지만 그러면 그와 한 약속을 어기게 된다. 가게 앞에서 기다리라는 게 어제 전화 내용이었다. 예약을 해놨는지도 알 수 없었다.

"괜찮은 가게를 찾았어. 낮부터 술을 마실 수 있어서 차분히 얘기할 수 있어."

"근무중에 술 마셔도 괜찮아?"

"영업부잖아. 고객이 권했다고 하면 돼."

전에는 그런 행동을 안 하는 사람이었는데.

쇼코는 전남편의 변화를 의아하게 여기다 자신도 예전에는 대낮부터 술을 마시지 않았다는 사실을 깨달았다.

서로에게 각자의 시간이 흐른다.

"저녁에 여유롭게 만나면 좋겠지만 일도 있고, 일찍 귀가할 수 있는 날은 조금이라도 더 집에서 보내고 싶어서."

이 또한 전에 없던 모습이었다.

시부모님과 손이 많이 가는 어린 딸만 있는 집에 자신만 남겨진 그 불편한 마음을 그에게 얼마나 호소했던가. 그럴 때마다 "일이 바쁘다"는 말로 늘 쇼코의 의견은 묻혔다.

하지만 지금은 아이 옆에 있고 싶다는 아빠다운 발언이 쇼코는 순수하게 기뻤다.

"그리고 저녁에 집을 비우면 어머니가 자꾸 뭐라고 하셔서."

예전부터 시어머니는 아들 부부의 일정을 전부 파악하고 싶어 하는 사람이었고, 아들이 헤어진 며느리와 만난다는 걸 알면 이유를 궁금해할 터였다. 쇼코는 과거의 힘들었던 기억이 되살아나 얼굴을 찡그리고 말았다. 전화 통화라서 다행이었다.

"그럼 정오에 봐."

낮술집으로 유명한 가게다. 정식을 파는 식당도, 선술집도, 중화요릿집도 아닌 온갖 다양한 요리와 술을 파는 곳인 듯하다.

기다린 지 삼십 분이 지났을 때 전화가 울렸다.

"미안. 거래 얘기가 길어져서 도저히 빠져나갈 수가 없어. 다시 연락할게."

전남편은 허둥대며 속사포처럼 말하더니 대답할 겨를도 안 주고 전화를 끊었다.

쇼코는 멍하니 황당해하며 통화 종료 버튼을 누르고 스마트폰을 가방에 넣었다. 코로 깊이 숨을 들이마셨다 천천히 내뱉었다.

이제 어떻게 할까.

지금껏 와본 적 없는 역이었다. 쇼코의 집에서 적어도 한 시간은 걸린다. 그가 "할말이 있어"라고 하지 않았으면 이곳에 오지 않았다. 술 없이는 할 수 없는 얘기인가 싶어 마음의 준비를 하고 있었다.

우산을 든 손이 비에 젖어 얼음장처럼 차가웠다. 화가 나지만 왠지 안도감도 든다.

그냥 여기 들어갈까.

쇼코는 다가가 실내를 들여다보았다. 정년을 넘긴 듯한 남자들 여럿이 무리를 지어 술을 마시고 있었다.

'괜찮아 보이는 가게인데 혼자 들어가기엔 용기가 필요해.'

분명 다음에도 전남편은 이곳을 고를 것이다. 그때 와도 늦지 않다. 쇼코는 다른 가게를 찾아보기로 하고 걷기 시작했다.

그와 밥을 먹을 거라고 생각해서 일이 끝난 뒤 식사를 하지 않고 집으로 가 옷만 갈아입고 이곳으로 왔다. 배가 고플 대로 고픈 상태였다.

'확실히 포만감을 느낄 만한 걸 먹고 싶은데. 거기에 몸을 따뜻하게 해줄 술도.'

일단 전철역이 있는 로터리로 돌아간다. 거기서 빙 돌아 반대쪽 길로 가본다.

로터리 한 모퉁이에 작은 동물을 파는 가게가 있다. 햄스터와 어린 토끼가 추운지 서로 몸을 맞대고 있다. 유리로 된 출입문 안에는 잉꼬나 앵무새용 새장이 잔뜩 쌓여 있다.

'이건 요즘 보기 힘든데. 개나 고양이를 취급하는 곳은 많지만 이처럼 옛날 모습 그대로 작은 새를 파는 곳은 오랜만인걸.'

쇼코는 왠지 아주 살짝 즐거워진 기분으로 자리를 떴다.

청과상과 편의점이 늘어선 길로 들어가자 길 중간에 작은 레스토랑이 있었다. 고기 런치, 라고 큼직하게 적힌 간판이 있다.

'고기. 이거 괜찮겠는데.'

살며시 안을 들여다보니 '미트&와인'이라고 적혀 있다. 특제 상그리아*라는 글자도 함께. 쇼코는 주저 없이 문을 열었다.

"어서 오세요."

남자 목소리가 들리고, 쇼코는 안으로 안내를 받았다. 카운터 석과 테이블석 두 개. 카운터석이 다 차서 테이블석에 앉았다.

메뉴판에는 고기 요리가 줄줄이 적혀 있다.

"여기 있는, 오늘의 주방장 특선 고기 런치가 뭔가요?"

"오늘은 닭고기토마토치즈구이입니다."

"그럼 그거랑 큐브스테이크를 콤보로 주세요."

음료 메뉴도 펼쳤다.

"그리고 스파클링와인도요."

딱히 건배할 일이 있는 건 아니지만 기분을 좀 끌어올리고 싶었다. 한차례 주문을 마치고 숨을 돌린다.

"할말이 있어."

그에게 그런 말을 듣는 건 이혼 후 처음이었다.

'아니, 만난 이후로 처음이다.'

제대로 대화를 나눈 적이 한 번도 없었던 것 같다.

---

* 레드와인에 과일이나 과즙을 섞어 차게 마시는 스페인 술.

사귀고 결혼하고 아이를 낳고…… 짧은 시간이라고 해도 가족이 되어 함께 생활했다. 그럼에도.

임신했을 때도 결혼할 때도, 대화를 나눈다기보단 보고하는 느낌이었다. 서로의 상황을.

아니면 화가 나서 쏘아붙이거나.

비난이 '오가는' 일조차 없었다. 한쪽이 소리치고 화를 내면 한쪽은 침묵한다.

그렇기에 그에게 할말이 있다는 말을 듣고부터 쇼코는 계속 긴장 상태였다.

"와인 나왔습니다."

스파클링와인이 나왔다.

쇼코는 와인잔의 가느다란 다리 부분을 잡고 단숨에 술을 들이켠 뒤 점원에게 "한 잔 더요"라고 주문했다.

응? 할말이란 게 뭔데? 지금 얘기해.

그런 식으로 가볍게 말할 수 있었으면 좋았을 텐데.

아마 그 사람도 그럴 수 없으니 대낮부터 술을 마실 수 있는 가게를 골랐던 거겠지.

"음식 나왔습니다."

주문한 오늘의 고기와 스테이크가 나왔다.

확실히 포만감을 주는 고기를 먹고 싶다는 희망사항에 딱 맞왔다. 소복하게 담긴 버터헤드상추에 하얀 드레싱이 뿌려진 샐러드와 감자샐러드, 따뜻한 수프가 같이 나왔다.

양념이 제대로 밴 고기는 술에도 밥에도 잘 어울린다. 수프 덕분에 몸이 따뜻해졌다. 이제 좀 살 것 같았다.

레드와인에도 잘 어울릴 것 같다.

스파클링와인 두 잔에 기분좋게 취기가 돌았다. 쇼코는 메뉴판을 펼쳤다. 하이볼, 와인, 칵테일, 다양한 종류가 즐비하다. 저녁에는 이곳이 제법 그럴싸한 술집으로 변신할 것이다.

'하우스와인도 좋지만……'

가게 이름을 내세운 특제 상그리아에 마음이 끌린다.

'성격에 안 맞게 여성스러운 술을.'

"여기요. 특제 상그리아 주세요."

아직 음식이 반이나 남았는데 술은 벌써 세 잔째였다.

"이누모리 씨는 어디 사세요?"

전남편과는 친구가 개최한 술자리에서 만났다.

그런 자리에서 흔히 볼 수 있는 경박한 말투를 쓰는 사람이 아니었고, 그가 지극히 평범한 질문을 하기에 쇼코는 솔직하게 대답했었다.

"아, 좋은 곳에 사시네요. 저는 세타가야에서 부모님과 함께 살아요."

"인기 있는 동네에 사시네요."

대화는 그다지 진전되지 않았다. 다만 남녀가 셋씩 모인 술자리에서 다른 네 명이 마침 동향 사람이라 유달리 분위기가 달아오른 상태였다. 끝에 앉은 쇼코와 요시노리도 별 수 없이 얘기를 계속했다.

하지만 쇼코는 호감을 느꼈다. 적어도 그 순간에 어색해지지 않도록 행동하려는 상대의 태도가 나쁘지 않았다. 최소한의 상식을 가진 사람이라고 생각했다.

그가 헤어질 때 명함을 주며 말했다.

"괜찮으면 다음에 회사의 다른 친구를 불러서 같이 술 마실래요?"

아, 나한테 별로 관심은 없지만 술자리는 더 하고 싶어하는 것 같아 쇼코는 좋다고 대답했다.

나중에 그에게 물었더니 얌전해 보이는 쇼코에게 갑자기 단둘이 만나자고 하면 거절당할까봐 겁이 나서 그랬다고 한다.

실제로 쇼코의 동향 친구와 그의 회사 동료를 불러 오붓하게 만나거나 영화를 보러 가거나 하면서 점차 단둘이 만나게 됐다.

"조금만 더 충분히 시간을 갖고 사귀었으면 좋았을 텐데."

이혼하고 헤어질 때 쇼코는 전남편에게 이런 말을 들었다.

"무슨 뜻이야?"

정신을 차리고 보니 자신이 눈을 부릅뜬 채 그에게 묻고 있었다.

"결혼 전에 교제 기간이 좀더 있었다면 이런 결과는 오지 않았을까 해서."

그는 쇼코의 시퍼런 서슬에 놀라 쩔쩔매며 대답했다.

"그럴지도 모르겠네."

쇼코는 제 속에서 끓어오른 감정에 도리어 놀라 곧장 공격을 멈췄다.

하지만.

솔직히 쇼코 자신은 어떠했나.

뭐랄까. 모든 일들이 지나치게 갑작스러웠다. 그를 남편으로, 아이 아빠로, 다시 타인으로 받아들이기까지 그 속도가 너무 빨랐고 평범한 남녀 사이였던 때의 추억은 너무 적었다. 그저 한 남자로서 그를 어떻게 생각했었는지 좀처럼 기억나지 않았다.

쇼코는 잔을 기울이며 눈앞의 자리를 바라본다.

2인용 테이블의 맞은편에 아무도 없다.

원래 거기에 있어야 할 남자.

'나는 좋아했었어.'

마음속으로 말을 걸고 있었다. 취했구나 싶었다.

'당신이 안 와서 그렇잖아. 세 잔이나 마셨다고.'

요시노리는 말했었다. "조금만 더 시간을 들였다면······" 하고. 시간을 들였다면 뭐가 어떻다는 말일까. 우리가 잘됐을 거라는 뜻일까.

아니, 그렇지 않았다.

쇼코는 그 말에서 "조금만 더 시간을 들였다면 결혼 같은 건하지 않았을 텐데" 하는 후회의 여운이 느껴져 슬펐다.

계속 대화는 이뤄지지 않았다.

지금도 그렇다. 약속 하나 정하는데도 자신은 스스럼없이 의견을 조율하거나 "예약했어? 비 오면 들어가서 기다려도 돼?" 하고 묻는 것조차 하지 못한다.

처음부터 줄곧 그래서 임신한 뒤로는 더더욱 아무 말도 못하게 됐고, 이혼한 뒤로 어제까지는 거의 대화도 하지 않았다.

서로에게 정들지 못한 채 여기까지 오고 말았다.

그래도.

쇼코는 그를 좋아했다. 처음 만났을 때부터 마음에 드는 얼굴이었고 말과 행동도 부드러웠다. 처음부터 호감 그 이상의 감정이 있었다. 적어도 그 무렵에는. 하지만 사실 그 마음을 그에게 제대로 전한 적은 없었다.

그리고 지금은 순수하게 좋아한다고 말할 만한 감정이 아니게 됐다. 결혼생활을 하면서 용서할 수 없는 부분도 보았고, 진심으로 나를 소중히 여겨줬으면 할 때 그는 아무것도 해주지 않았다.

이렇게 느끼는 건 상대도 마찬가지일 것이다.

상그리아가 주스처럼 달콤해 술술 넘어간다. 얼마든지 마실 수 있을 것 같다.

"한 잔 더 주세요."

카운터석 너머에 있는 젊은 남자 점원 둘이 눈빛을 교환하는 게 느껴졌다. 쇼코는 모르는 체했다.

전남편이 며칠 연속으로 밤늦게 귀가하던 시기가 있었다.

육아와 시집살이로 녹초가 된 쇼코는 먼저 잠들었기에 줄곧 눈치채지 못했다.

그 무렵에는 이미 아이방에 이불을 깔고 자느라 자신은 부부 침실조차 쓰지 않는 상태였다.

어느 날 밤, 쇼코는 목소리를 낮춘 통화 소리에 잠이 깼다.

"아냐, 그렇지 않다니까. 그래. 아니, 별로. 그런 거 아니야. 너는 신경쓰지 않아도 돼."

부정적인 말이 잇달았지만 어딘가 말투가 부드러웠다.

쇼코는 머리가 찌릿하면서 그 목소리가 방 밖에서 들려오고 있음을 알았다. 낮 동안의 육아로 온몸이 돌덩이처럼 무거웠고, 겨우 잠든 아이가 자신의 작은 움직임에 깨어날까 두려웠다. 그럼에도 도저히 확인하지 않을 수 없었다.

살그머니 방문을 열자 2층으로 올라오는 계단 밑에서 통화하는 그가 보였다.

"그럼 내일 봐. 아니다, 벌써 오늘인가?"

그는 입을 다문 채 미소 짓고 있었다. 한동안 보지 못한 표정이었다. 통화가 끝나자마자 쇼코는 그의 바로 머리 위에서 물었다.

"누구?"

"어?"

쇼코를 올려다본 그의 얼굴에 경악하는 기색이 떠올랐다. 그걸로 충분했다.

"지금 전화, 누구야?"

"회사…… 후배."

"그래."

정말 후배일지도 모르지만 여자일 거라고 생각했다.

"……오늘도 고생했어."

둘은 어둠 속에서 서로 마주보았다. 그렇게 또렷이 눈을 마주친 것도 오랜만인 듯했다.

"깨워서 미안."

"괜찮아."

부모의 동요하는 감정을 눈치챘는지 방에 있던 아이가 불에 데기라도 한 듯 자지러지게 울기 시작했다.

"미안."

"괜찮아."

아이의 울음소리를 들으면서도 쇼코는 도저히 그 자리에서 움직일 수 없었다. 양손으로 자신의 얼굴을 감쌌다. 눈물이 흘러나왔다.

"이제 됐어."

요시노리는 그 말에 대답하지 않고 계단을 올라가 쇼코를 지나 아이방으로 들어갔다. 괜찮아, 괜찮아, 하고 아이를 달래는 목소리가 등뒤에서 들렸다.

그런데도 아이의 오열은 그치지 않았다. 쇼코는 그런 와중에도 더이상 아이를 울게 놔두면 시부모님이 2층으로 올라올 거라는 생각이 들어 겁이 났다.

남편이 늦은 밤에 후배와 얘기하는 것보다, 한밤중 아이의 울음소리보다, 그게 제일 무서웠다.

이혼 얘기가 나온 건 그 직후였다.

하지만 그날 밤의 일은 한마디도 하지 않았다.

남편에게 다소 친근하게 얘기를 나누는 여자가 있어도, 매일 밤늦게 집에 와도 딱히 상관없다는 기분이 들었다.

다만 그들의 집에서 도망치고 싶었다.

그런데 지금 생각해보니 실은 진실을 듣는 게 두려웠던 건지도 모르겠다.

차분히 대화를 나눴다면 어땠을까.

조금은 더 나은 이별 방식을 택했을까.

'있잖아.'

쇼코는 앞에 덩그러니 놓인 의자에, 그 자리에 없는 전남편에게 말을 건다.

'당신은 아직 나랑 하고 싶은 얘기가 있어?'

이제 와서 무슨 얘기를 하겠어, 하는 목소리가 속에서 끓어올랐다.

'이미 늦었나? 그래도 나는 다시 한번 당신과 얘기를 나누지 않으면 어디로도 나아갈 수 없을 것만 같아. 어디로 나아갈지는 나도 몰라. 그래도 당신과 다시 마주할 필요가 있다고 생각해.'

그날 밤 그가 통화했던 상대가 누구인지. 아니 그보다, 그때 그가 아이를 달래주는 모습에 꽤 기뻤다고. 쇼코의 곁을 지나가면서 머리를 쓰다듬어준 걸 지금도 의미 없이 떠올린다고.

그런 모든 걸 얘기할 수 있다면 얼마나 좋을까.

제대로 얘기할 수 있을까.

비를 맞으면서도 만날 약속 하나 똑바로 확인하지 못하는 사이인데.

쇼코는 줄곧 유리문 밖에서 그를 바라볼 수밖에 없을 것만 같은 기분이 들었다.

열번째 술

가라아게덮밥
아키하바라

잠에서 깼을 때, 쇼코는 순간적으로 자신이 어디 있는지 알지 못했다.

일단 새하얀 천장이 보였다. 그리고 높이가 낮은 하얀 칸막이로 주위가 둘러싸여 있음을 알아챘다. 벽 일부에 분홍색 꽃무늬가 있다. 그것을 가만히 보다가 이곳이 여성 전용 피시방이라는 게 생각났다.

'여기서 잤구나. 아키하바라에서.'

스마트폰을 집어 시간을 확인한다. 오전 10시가 지났다.

'심야 요금이 얼마였지? 오전 8시까지 심야 요금이었나? 내가 몇시에 들어왔더라?'

그런 생각을 하는 사이, 서서히 지난밤 일이 떠올랐다. 악몽 같았던 하룻밤이.

이틀 전, 사장 다이치에게 고객이 맡긴 물건이 있다는 말을 듣고 사무실에 찾으러 갔다.

실내로 들어가자 안쪽 책상 앞에서 그가 만화를 보고 있었다.

"이거, 야시로 아이카 선생한테 온 거야. 지난번 일에 대한 감사 선물이래."

그건 신주쿠에 사는 만화가 선생이 추천해준 작품으로, 잘생긴 남자가 여자 고객 곁에서 함께 잠을 자는 이야기였다.

"아, 기억하고 계셨구나. 그건 그렇고, 나보다 먼저 보다니 너무한 거 아니야? 내 선물인데."

"내가 사장이잖아. 우리도 젊은 미남을 영입할까?"

만화책은 귀여운 종이가방에 들어 있었다. 묵직한 무게감 자체가 그녀가 쇼코에게 보내는 감사의 마음처럼 느껴져 기뻤다.

"미안하지만, 서른한 살 남자네 집에 가줄 수 있을까? 내 친구인데."

이제껏 쇼코가 이성이 혼자 사는 곳에서 지킴이 일을 한 건 주조의 홋타 야스오가 유일했다.

"그러니까 동갑이란 뜻이야? 네 친구고?"

"대학교 같은 과 친구인데, 얼마 전 긴자에서 술을 마시다 우연히 마주친 거야. 그 친구는 접대중이었고. 각자 볼일을 마친 뒤에 만나서 한잔했지. 일 얘기를 했더니 꼭 의뢰하고 싶다더라고. 밤에 잠을 잘 못 잔대."

"네가 가면 되잖아."

"내가 가면 그저 친구가 놀러온 거나 마찬가지니까 돈을 못 받잖아."

"무슨 일 하는 사람이야?"

"외국계 증권회사의 일본 부지사장. 전부터 일만큼은 잘하는 녀석이었어."

"서른한 살에 부지사장이라고?"

"일 잘한다고 말했잖아. 월급은 안 물어봤지만 어마어마한 부자라는 건 확실해."

"그래서? 어떤 사람인데?"

다이치가 순간 미간을 찌푸렸다.

"나쁜 녀석은 아닌데, 좀 괴벽이 있달까."

"괴벽?"

쇼코는 무심코 개그 콤비 '지도리'의 멤버 노부의 유행어인 '괴벽이 넘치네'가 떠올라 웃을 뻔했다.

"아키하바라의 타워형 아파트에 사는 모양이야."

"그 부근에 타워형 아파트가 있구나."

"교통편이 좋으니까. 어느 동네에서든 살 만한 돈이 있어도 아이돌을 꽤 좋아하는 녀석이라 그 동네가 좋은가봐. 회사도 오테마치에 있으니 가깝고."

아이돌을 좋아해서 '괴벽'이 있다고 하는 걸까. 다이치는 취미로 남을 판단하는 사람이 아닌데 말이다.

"얼마 전까지 가수 K에게 돈을 쏟아붓고 쫓아다녔어."

K는 예쁘장한 얼굴에 가창력도 뛰어난 실력파 가수로, 한때 선풍적인 인기를 얻었다.

"전에 만났을 때 진지한 얼굴로 '나, K랑 결혼하려고 해. 진심으로. 걔도 나를 좋아하거든. 콘서트에 가면 매번 눈이 마주쳐'라고 하는데 솔직히 좀 깨더라."

쇼코는 조금이 아니라 와장창 깼다.

"뭐, K가 결혼했으니 그 일은 잠잠해졌지만."

망상이 심한 사람인가. 그것도 나름대로 피곤한데, 하고 쇼코는 생각했다.

"지금은 꽤 인기 있는 유명한 지하 아이돌*을 따라다닌대."

"인기 있는, 유명한, 지하 아이돌이라는 말은 모순이지 않아?"

"그런가. 어쨌든 그 녀석이야 돈이 차고 넘치니 꽤 좋은 데까

---

* 방송을 통해 정식으로 데뷔하기 전 특정 지역을 중심으로 활동하는 아이돌.

지 갔대. 내가 이런 말 하긴 그렇지만, 얼굴도 나쁘지 않거든."

"돈도 외모도 있는 남자가 왜 아이돌한테?"

"그거, 편견이야."

다이치가 쇼코의 얼굴을 콕 가리켰다.

"편견 아니야. 그저 신기해서 그러지."

"어떻게 할래?"

쇼코가 걱정스러운 얼굴을 하는데도 다이치는 말을 툭 던졌다.

"녀석이 남자라고 그런 일을 걱정할 필요는 전혀 없어."

"그런 일이라니?"

"그러니까 성적인 관계 말이야. 녀석은 스무 살 전후의 여자한 테만 관심이 있으니까. 쇼코를 여자로 볼 일은 없어."

"아, 그러셔."

"여자가 필요하면 얼마든지 부를 수 있겠지. 여자가 궁한 것도 아니고, 돈은 넘치도록 많으니까."

저 모호한 말로 대충 넘기려는 거구나, 하고 쇼코는 생각했다.

"녀석한테 그런 배짱은 없어. 회사도 알아주는 곳이고, 타고난 성격이 소심한 애야. 잠을 못 잔다는 건 핑계이고 비슷한 연령의 여자가 집에 있으면 어떤 분위기인지 궁금해하는 것도 같아. 나 이가 찼으니 슬슬 결혼하라고 부모님이 재촉하나봐. 맞선 얘기 도 나온다 하고. 그런데 또래 여자랑 사귀어본 적이 없으니 어떤 건지 알고 싶대. 푸념이라도 들어주고 돌아오면 돼."

"그런 사람은 부모한테 떠밀려서 치르는 결혼 따윈 안 하는 게 좋을 텐데. 서로 불행하잖아."

"실패하신 분이 할 말은 아니지."

"이런."

"불행해진다는 걸 알면서도 돈 많은 상대랑 결혼하고 싶어하는 사람이 많으니까 문제지."

"그야 그렇지."

쇼코는 이 고객을 진심으로 납득하지 못했지만 그런 사람이면 뭐 어떤가 싶어 승낙했다.

"여기 월세는 37만 엔."

쇼코가 현관에서 신발을 벗으려고 고개를 숙인 순간, 고객인 신도 다케시가 느닷없이 꺼낸 말이었다.

"아, 그래요."

"그래도 별거 아니야. 내 한 달 수입만 200만 엔 이상이니까."

"……그래요."

쇼코가 고개를 들고 보니 짙은 눈썹에 진한 쌍꺼풀, 그리고 살짝 곱슬거리는 머리칼…… 뭐, 선이 굵은 미남이라 할 수 있는 이목구비였지만 안타깝게도 요즘 스타일의 미남은 아니다.

다만 이런 유형, 즉 어머니나 할머니가 떠받들며 키워 "얼굴도 성격도 괜찮은 나"라고 스스로를 과대평가하는 인간들이 많구나 싶어 쇼코는 처음부터 질려버렸다.

다이닝룸으로 들어갔다. 예상했던 대로 모델하우스에 있을 법한 검은색 가죽소파와 유리 테이블이 있었다. 커다란 창문으로 도쿄의 야경이 한눈에 보였다.

"별로 안 놀라네."

"네?"

"와, 야경 멋지다 같은 말을 안 하네."

"……타워형 고층 아파트가 처음은 아니라서요."

"흠."

다케시가 재미없다는 듯 김빠지는 소리를 냈다.

"역에서 가깝기도 하고 이 높이에 이 방향이라면 이런 풍경이겠구나 예상이 돼서요."

자신의 반응이 시들한 이유가 결코 당신의 타워형 아파트 탓이 아님을 설명하려고 말을 덧붙이자 그는 더더욱 시큰둥한 얼굴이 됐다.

뭔가를 권하려는 시늉도 없이 그는 기다란 소파에 앉았다. 쇼코는 마주보게 놓인 1인용 소파에 주뼛주뼛 앉았다.

"이 소파, 엄청 비싸게 주고 샀어. 무슨 디자이너 작품이라나.

그런 건 관심 없었는데 내가 인테리어를 의뢰한 디자이너가 이건 꼭 필요하다길래."

쇼코는 자신이 앉아 있는 소파를 새삼 내려다보았다. 그러고 보니 잡지 같은 데서 본 적이 있는 유명한 디자인이었다.

"지금 회사는 네번째야."

묻지도 않았는데 갑작스레 화제가 바뀌었다.

"대학 졸업하고 맨 처음엔 일본 증권회사에 들어갔어."

그는 일본에서 제일 큰 증권회사의 이름을 댔다.

"한동안 평범하게 일했는데 왠지 싫증이 나더라고. 돈도 모았겠다, 해외라도 갈까 해서 그만두겠다고 말했더니 붙잡는 거야. 당분간 런던에서 놀고 싶다고 설명했더니 나를 위해 런던 지사에 새 부서를 만들어줘서 팀장이 됐지."

"말하자면, 당신을 잡기 위해 회사가 자리를 만들어줬다는 건가요?"

"그렇지."

그는 그제야 뜻대로 되어 만족스럽다는 듯 호기롭게 웃었다.

"그런데 역시 이 년쯤 지나니 싫증나서 그 회사는 관뒀어. 런던에서 펀드회사에 근무하다 그곳 아시아 부서에서 톱이 됐고, 일본으로 돌아와 ×××에 스카우트됐어."

×××은 미국의 자동차 기업이었다.

"그곳 회계 부서에서 톱이 된 뒤 다시 지금의 회사로 스카우트되어 옮겼고."

"월급 200만 엔이라는 건 실수령액인가요? 아니면 액면가?"

"……액면가."

"세금이나 연금 같은 거 떼기 전?"

"그래."

그래도 대단하다 싶어 내심 감탄하는데 그가 말했다.

"당신, 가만히 있어줄래? 당신이 떠들면 이상해져, 분위기가."

"아, 죄송해요."

"거기 조용히 앉아 있어."

그는 계속해서 만족스러운 듯 얘기를 이어갔다. 월급은 얼마든지 오르기 때문에 마음껏 쓰고 있다, 집세 외에 먹고 싶은 대로 마음껏 사 먹고 아이돌에게도 '물 쓰듯' 돈을 쓴다, 하지만 저녁에 거의 접대 약속이 있고, 좋아하는 음식도 가정식 식당의 비교적 저렴한 것들이라 어쩌다보니 돈이 쌓였다, 같은 내용이었다.

"절약인지 뭔지, 그런 거 몰라."

쇼코는 고개를 끄덕이는 것도 짜증이 치밀어서 잠깐 그의 얼굴을 쳐다보기만 했다.

"결국 남자란 어느 정도 잘나가면 돈을 쓰지 않아도 된단 말이지. 밤이고 낮이고 접대를 하거나 받으니까 다 누군가가 돈을 내

주고, 잡지나 신문, 피트니스센터나 카페도 회사에 있어. 명품에는 별 관심이 없고, 아니 그렇다기보다 명품처럼 눈에 보이지도 않는 가치로 원가의 몇 배나 올려서 값을 매긴 물건을 산다는 건 나 같은 남자에겐 패배나 마찬가지지. 돈을 쓸 만한 가치가 있는 건 여행에서 좋은 호텔에 묵는 것과 택시비 정도."

쇼코는 대답 대신 작게 한숨을 쉬었다. 그에게 들리지 않을 정도로 아주 작고 희미하게.

"반응이 없어서 재미없네."

"저는 상관없습니다만."

듣는 척만 하면 되니까 쇼코는 편했다.

"맞장구 정도는 해도 좋아."

"그러니까, 나는 가만히 있어도 상관없다고요."

엉겁결에 거친 말투가 나와버렸다.

"말하라니까."

그가 하는 얘기 중 가정식 식당의 밥을 좋아한다는 것 외에는 쇼코가 동의할 만한 부분이 전혀 없었다.

"그래서 결혼 같은 건 필요 없다는 생각밖에 안 드는 거야. 잘나가는 남자는 예외 없이 독신이잖아. 젊을 때 한번 결혼했더라도 이혼했거나. 그런데도 부모님은 결혼 얘기로 난리를 치시니."

"고향이 어디예요?"

"나고야. 한번은 결혼했으면 좋겠다고 하셔."

"하지 않는 게 나을 것 같은데요. 서로에게 불행한 일이에요."

당신과 결혼하는 건, 이라고 쇼코는 마음속으로 중얼거린다.

"맞아, 쇼코 씨도 이혼했지. 다이치한테 들었어. 애도 있다며. 그런데 남편한테 키우라고 했다니 꽤 수완이 좋아. 아, 오해하진 마. 나한테 서른 살 넘은 이혼녀는 논외니까."

더는 대꾸할 마음도 없었다.

"지금 내가 귀여워하는 지하 아이돌이 처음엔 팬하고 연애 같은 건 안 한다더라고. 그런데 내가 라이브 공연에 갈 때마다 굿즈에 10만 엔씩 썼더니 바로 나한테 반해버린 거야. 결혼해주길 바라는 것 같은데 어떻게 할까. 블로그에 요리 사진을 올리는 걸 보면 아내로는 괜찮아 보이는데, 명품 같은 걸 좋아해. 그런 면이 좀 멍청하단 말이지. 내가 몇 번이나 명품 따윈 돈 낭비라고 일러줬는데도 이해를 못해. 만날 때마다 이거 갖고 싶다, 저거 갖고 싶다…… 뭐, 여자는 좀 맹해야 귀엽다는 말도 있으니까 결혼해줘도 괜찮겠다 싶긴 한데, 그애도 지금 다니는 대학만큼은 졸업하고 싶어하고."

"대학생이라면 몇 살이에요?"

"만으로 열아홉 살인가. 십대 끝자락이야."

그가 뿌듯하다는 듯 헤벌쭉 웃으며 지껄인다.

"아, 열아홉이 너무 자극적인가? 서른한 살 아줌마한테 좀 심했나? 그래도 어쩔 수 없어. 나는 삼십대한테 전혀 관심이 없거든."

"그 여자가 당신한테 반했다고 했는데, 그건 어떻게 알았어요?"

소박한 의문이었다.

"라이브 공연에서 몇 번이고 눈이 마주치니까."

"네? 그게 다예요?"

쇼코는 뭘 잘못 들었나 싶어 얼떨결에 속내가 터져나왔다.

"나는 알 수 있다고. 그 눈이 진심이란 걸. 메신저 개인 계정을 교환해서 직접 연락할 수 있고, 시험 같은 일로 바쁘지 않으면 한 달에 두 번 정도 만날 수도 있어. 그애 집이 하치오지라 돌아갈 택시비로 5만 엔쯤 주면 바로 온다고."

"그렇군요. 그녀한테서 보고 싶다는 연락은 오나요?"

기본적으로 고객의 사정에 끼어들지 않겠다고 결심했지만 그가 쇼코의 뭔가를 자극했다. 굳이 말하자면 이성에 관한 의문이었다. 남자들이 죄다 다케시 같은 건 아니지만 비슷한 일면이 있는 것 같았다. 똑똑하다고 자부하는 사람도 타인이 보기에 도무지 이해할 수 없는 '얼빠진' 부분이 꼭 있다.

"오지, 그럼. 이달엔 라이브 공연이 많이 잡혀 바빠서 아르바이트를 못 가는 바람에 쪼들려요, 지원 부탁드립니다, 하고 말이지. 그런 본심은 신원이 확실하고 돈이 있고 정신적으로 여유로운 나 같은 사람한테만 말할 수 있잖아."

"그런 관계인 거예요?"

다이치와 얘기할 때 그가 마구 써대던 '그런'이라는 말을 쇼코 자신도 쓰고 말아서 웃을 뻔했다.

"그런, 이라는 건 섹스?"

"네."

"아니, 개인적으로 만난 지 아직 두 달밖에 안 됐으니까. 마침 생리랑 겹치기도 해서."

"역시……"

쇼코는 자연스레 어미가 늘어졌다. 역시……

"나 같은 사람한테만 나약한 소리를 할 수 있으니 아이돌도 참 힘든 거야."

"그녀가 당신에게 정말로 호의가 있는지는 차치하더라도, 왜 그렇게 돈을 쓰는 거예요?"

"어?"

쇼코가 하는 말의 의미를 이해하지 못했는지 다케시는 눈을 동그랗게 떴다.

"당신한테 그녀는 신문이나 피트니스센터 이상으로 돈을 들일 가치가 있는 존재인 거잖아요?"

그의 얼굴을 들여다봐도 아무 반응이 없다.

"알고 싶어요. 그런 큰돈을 써도 좋을 만한 그녀가 당신에게 주는 건 무엇인가요? 그만큼 비용에 대한 효과가 있는 존재인 거 잖아요? 한 달에 10만? 20만? 아니면 그 이상인가요? 그만큼 그녀가 당신에게 뭔가를 가져다주나요? 위안인가요, 애정인가요, 아니면 다른 건가요? 그게 궁금해요."

쇼코는 정말로 순수하게 알고 싶었다.

그는 대답하지 않았다. 그저 가늘게 무릎을 떨 뿐이다. 손에는 스마트폰을 쥐고 있다.

"당신은 명품 가방의 원가율을 이해하는 분이니까 어떤 명확한 가치를 인지하고 있다는 거잖아요?"

입을 꾹 다물고 대답하지 않는 그를 보고 쇼코는 이런, 실수한 걸까 하는 생각이 들었다.

"아, 대답하기 싫으면 안 해도 되지만…… 죄송해요, 단순히 궁금해서."

"……나가."

"네?"

"당장 이 집에서 나가! 내 집에서 나가라고! 여긴 내 집이야!"

그는 새끼 고양이를 잡듯 쇼코의 목덜미를 잡고 문밖으로 데리고 나갔다.

다케시의 아파트에서 나온 게 새벽 2시였다.

그리 춥지 않은 시기이고 도쿄 한복판이니 큰 위험은 없을 테지만 쇼코는 새벽에 거리로 내쫓겼다는 사실이 충격적이었다.

다이치에게 전화하자 놀랄 정도로 금방 받았다. 그도 다소 불안한 마음에 신경을 곤두세우고 있었는지 모른다.

"왜 그래? 쇼코, 무슨 일 있었어?"

다이치의 다급한 목소리에 도리어 미안한 마음이 들었다.

"아니, 그런 건 아닌데."

쇼코는 간략히 설명했다. 얘기하는 사이, 아키하바라의 큰길이 나왔다.

"미안해."

전화기 너머에서 그가 어깨를 떨구고 있다는 걸 알 수 있었다.

"아니야. 나도 말이 지나쳤어. 네 친구인데, 이제 그 고객 일은 못할 것 같아. 미안해."

"어떻게 할까. 내가 바로 전화해둘 테니 다시 한번 가볼래? 아니면 택시 타고 집으로 가도 되고. 택시비는 줄 테니까. 아니면, 내가 데리러 갈까?"

"괜찮아. 문 연 곳도 많으니까 잠깐 시간 보낼 만한 데가 있으면 들어갈게. 24시간 만화 카페도 있는 것 같고, 차도 마실 수 있을 듯해. 잠시 마음을 진정시킨 다음에 귀가할지 결정할게."

"알았어. 어디로 갈지 정해지면 메시지라도 좋으니까 연락해 줘. 걱정되니까."

전화를 끊고 나자 쇼코는 자기혐오가 끓어올랐다.

비위에 거슬리는 남자여도 다케시는 고객이다. 남존여비 사상을 가지고 심각한 착각 속에 사는 남자였지만 쇼코를 고의로 상처 주려는 고약한 심보는 느껴지지 않았다. 그저 무신경하고 멍청할 뿐이었다. 그런 단순한 남자의 기분을 상하게 하는 말을 해 버리다니.

'나도 아직 멀었네. 적당히 듣고 흘렸으면 될 일을. 하지만 여러 면에서 계산이 분명한 사람이라고 생각했기에 그 정도 질문에 화를 내리라고는 예상 못했어. 고객에게 내 의견을 주장하지 않기로 명심했건만.'

나도 참 바보 같다, 바보야 바보, 하고 쇼코는 작게 중얼거렸다.

아이돌 문제는 차치하고 돈에 관한 그의 이론에는 동의할 수 있는 부분이 있었다. 그래서 얘기가 통하는 상대라고 생각해 그만 솔직한 감정으로 묻고 말았던 것이다.

우선 피시방이나 24시간 영업하는 매장에서 시간을 보내야겠다 싶어 스마트폰을 꺼냈다. 검색하던 중에 여성 전용 피시방을 발견했다.

'여덟 시간에 2000엔 정도구나. 깨끗해 보이고 좋네.'

그렇게 아침을 맞이했다.

피시방에서 나오니 오전 11시 전이었다. 조금 걷고 싶은 생각에 아사쿠사바시 방면으로 향했다.

'제대로 쉬고 잠도 잤는데 기운이 안 나네. 자기혐오가 아직 계속되는 건가.'

빨간불이라 횡단보도 앞에서 멈춰 섰다. 고개를 드니 노란색 간판이 눈에 들어왔다.

가라아게*덮밥 500엔. 하이볼 180엔.

단순하지만 강력했다.

'뭐지, 지금 내게 최고로 기력을 불어넣어줄 것 같은 이 단어들은.'

쇼코는 저도 모르게 종종걸음으로 도로를 건넜다. 가게는 오전 11시부터라 갓 문을 연 참이었다. 매우 성실해 보이는 젊은 점원이 안쪽 자리로 안내했다.

메뉴를 보니 덮밥에 올라갈 가라아게를 다섯 개부터 열다섯 개까지 고를 수 있고, 밥의 양을 곱빼기로 하는 것도 무료다. 사

---

* 일반적으로 닭고기에 밀가루 반죽을 묻혀 기름에 튀겨낸 음식.

진으로 보면 가라아게 한 개가 엄청나게 크다.

'이건 이거대로 끌리는데……'

이 외에도 600엔짜리 치킨난반*덮밥 등 다른 소스를 곁들인 음식도 있다.

"주문하시겠습니까?"

"치킨난반덮밥 주세요. 그리고……"

쇼코는 살며시 하이볼을 가리켰다.

"지금 시간에도 하이볼을 주문할 수 있나요?"

"아, 됩니다만."

심성이 착해 보이는 젊은 점원이 살짝 미간을 찌푸린다. 회전율이 빠르고 가격대가 합리적인 가게에서 대낮부터 술 마시는 손님은 민폐인가 싶어 기가 죽으려던 찰나에 점원이 말했다.

"하이볼은 소비세가 붙어서 200엔인데, 괜찮으세요?"

"물론이죠. 괜찮습니다!"

'알코올 포함 800엔이라니. 충분히 저렴합니다.'

기다리는 동안 잇달아 손님이 들어왔다. 작업복 차림으로 대여섯 명이 무리 지어 오기도 하고, 영업중인지 커다란 짐을 든 회사원도 있다. 다들 가라아게 열다섯 개에 밥은 곱빼기로 주문

---

* 튀긴 닭고기를 간장에 적시고 타르타르소스를 얹어 먹는 일본 요리.

한다.

'보고 싶다! 곱빼기 밥에 가라아게 열다섯 개가 올라간 모습을!'

"음식 나왔습니다."

한발 먼저 쇼코의 치킨난반덮밥과 하이볼이 놓였다. 노릇노릇하게 튀긴 치킨의 크기가 그릇보다 커서 거침없이 끝부분이 튀어나왔다. 그리고 타르타르소스가 듬뿍 올라갔다.

우선 소스가 묻은 새콤달콤한 치킨을 입안 가득 넣는다.

'거침없는 치킨, 맛있네. 이걸로 하길 잘했어. 하이볼에 딱 어울려.'

맥주잔에 든 하이볼은 살짝 싱거웠지만 겨우 180엔인데다 대낮이니 이걸로도 충분했다. 치킨, 소스, 밥, 하이볼의 궁합이 훌륭하다. 가라앉았던 기분이 점점 떠오르는 게 느껴진다.

정오가 되기도 전에 가게가 꽉 찼다. 빙 둘러보니 여자는 쇼코 혼자뿐이었다.

'어디를 가든 여자들이 점령하는 현대사회에서 이렇게 남자 비율이 높은 장소는 귀해질지도 몰라.'

쇼코에 이어 들어온 작업복 군단 앞에 가라아게덮밥이 놓였다. 가라아게 열다섯 개가 올라간 곱빼기 덮밥은 기대를 저버리지 않았다. 높이가 덮밥 그릇 두 개 만하다. 잘 먹겠습니다, 하면서 다들 손보다 마음이 더 급해 보이는 기세로 나무젓가락을 가르고 먹기 시작한다.

'하지만 이 많은 남자들 중에서 내가 주문한 음식이 제일 남성적인 듯한데. 후후.'

쇼코는 하이볼을 꿀꺽꿀꺽 마시고 치킨을 먹었다.

곱빼기 덮밥을 주문한 남자들도 입안에 가라아게와 흰쌀밥을 차례차례 집어넣는다.

'나는 살아 있고 건강하다. 기운 내자. 주저앉아 있을 수 없지.'

자, 오늘도 꿋꿋이 살아가자.

쇼코는 나지막이 말하고 덮밥을 마주했다.

열한번째 술

전갱이튀김
한번 더 신마루코

삼세번째니까 이번엔 확실해, 하는 전남편의 메시지가 왔다.

세번째라고? 두번째 아닌가, 하고 쇼코가 답장을 보냈으나 거기에 대해서는 말이 없고 "그럼, 지난번 그 가게에서 같은 시간에 봐" 하는 내용만 있었다.

그가 말하는 세번째라는 건 대체 무슨 의미일까, 전에도 약속을 어긴 적이 있었던가, 하고 곰곰이 생각에 잠겨 전철을 탔다.

지난번 그 가게란 중화요릿집도 선술집도 아니지만 대낮부터 술 마시는 분위기로 유명한 곳이었다.

정오 약속이라 십 분 전에 가게에 도착했다. 개점 때까지 기다릴 생각으로 가게 앞에 서 있는데 이미 안에 들어간 손님들이 보였다. 쇼코는 유리로 된 미닫이문을 드르륵 열었다. 가게 내부는 널찍하고 세로로 길게 테이블이 나열되어 있다. 단골인 듯한 손님들이 몇 명 앉아 있었다. 개점 전에 들어가도 암묵적으로 이해하는 모양이다.

그래도 가게 앞에서 기다리기로 했으니 일단 문을 닫으려는 순간 누군가 뒤에서 말을 걸었다.

"일찍 왔네."

긴가민가하는 얼굴로 가게 안을 들여다보는 걸 들켜버렸다. 무방비한 뒷모습을 그대로 드러낸 게 왠지 창피해서 얼굴이 화끈거렸다.

"벌써 문 열었나봐."

"그런 것 같아."

남편이었던 사람은 쇼코의 당황스러운 마음 같은 건 알지도 못하고 냉큼 안으로 들어갔다.

"두 사람인데, 여기 앉으면 될까요?"

그가 허물없이 젊은 여자 점원에게 말을 걸더니 맨 끝줄에 있는 입구에서 가까운 자리에 앉았다. 그러고는 쇼코에게 안쪽 자리를 권했다.

"고마워."

"뭘."

오랜만에 얼굴을 마주했다. 마주보고 앉는 게 왠지 쑥스럽다.

그도 같은 마음인지 고개를 옆으로 돌리고 있다.

삼세번째라는 게 대체 무슨 말이냐고 물어보려는 순간, "생맥주부터 할까?" 하고 그가 먼저 말을 꺼냈다.

"응?"

"아니, 당신은 늘 맥주를 마셨던 것 같아서."

괜히 멋쩍어서 눈을 안 마주치는 건가 싶었는데 가게 벽에 붙은 메뉴를 보고 있었던 모양이다. 테이블에는 메뉴판이 없고 오래전 감성이 묻어나는 플라스틱이나 종이로 된 판에 적힌 메뉴가 벽에 나란히 붙어 있다. 오십 개? 백 개? 한눈에 다 헤아릴 수 없을 만큼 많았다.

"맥주로 할게."

"그럼 나도."

"진짜 술 마셔도 괜찮아? 근무중인데."

전에도 물었던 걸 새삼 또 물었다.

"괜찮아. 단골고객이 권해서 마셨다고 하면 되니까."

나는 얼굴색도 하나 안 변하잖아, 하며 그가 웃었다.

그렇지, 그는 예전부터 알코올이 들어가도 얼굴이 붉어지지 않는 사람이었다.

"뭐 시킬까? 먹고 싶은 거 있으면 적당히 골라봐. 여긴 뭐든 맛있으니까."

글쎄, 하고 메뉴를 보면서 쇼코는 다소 망설였다. 반면 그는 생맥주를 가져온 점원에게 신난 듯 서슴없이 주문한다.

"파돼지고기볶음이랑 전갱이튀김, 감자샐러드하고요…… 그리고 회도 먹을까."

"여기 와본 적 있어?"

"아, 응."

"역시, 일하던 중간에?"

"그렇지 뭐."

더는 자진해서 얘기하지 않으려는 그의 모습에 심문하는 듯했나 싶어 쇼코는 입을 다물었다.

"그럼, 건배."

그가 맥주잔을 들어올렸다.

"건배."

살짝 잔을 부딪혔다.

"하는 일은 잘돼?"

"응."

"전에도 묻긴 했는데, 지킴이는 무슨 일을 하는 거야?"

일이랑 살 곳이 정해졌을 때 그에게 간단히 알렸었다.

"말 그대로, 지켜봐주는 거야, 사람을."

"어떤 사람?"

"다양해. 어린이와 노인이 많지. 젊은 사람도 있지만. 아, 강아지 같은 동물도 있고."

"그렇게 일거리가 있어?"

"의외로. 어제도…… 아니, 오늘 아침에도 일하고 왔어."

"잘 지내고 있는 것 같네."

"지금은 그럭저럭. 당신은?"

"나도 그럭저럭 괜찮아. 말했나? 얼마 전에 차장 됐어."

"아, 축하해."

"고마워."

"그럼 일은 더 바빠지겠네?"

"좀 그렇지. 아, 그래도 아카리는 잘 돌보고 있어."

쇼코가 먼저 아이의 근황을 물어보고 싶었는데 선수를 빼앗긴 느낌이 들었다. 잘 돌보고 있다는데 군이 거듭해서 물어보려니 함께 살지도 않는 자신은 그럴 자격이 없는 것 같았다.

"어떤 고객이야?"

"응?"

"오늘 당신이 지킴이 해준 사람 말이야."

"오늘 아침은 드물게도, 중년이라 해야 하나, 쉰 살 정도 되는 여자분이었어."

"오, 드문 경우구나."

"그 나이대의 사람은 혼자 지내는 경우가 별로 없잖아. 자녀나 배우자가 있거나, 아니면 부모 간병을 하고 있거나. 뭐랄까, 타인을 돌보는 입장인 세대니까."

"응, 정말 그렇네."

"전성기라는 말로 표현하자면, 돌봄의 전성기랄까."

"돌봄의 전성기란 말, 괜찮네."

그가 재미있다는 듯 웃었다. 쇼코는 왠지 마음이 놓였다.

"중년 여성은 누군가가 지켜봐줄 일이 잘 없거든, 주로 지켜보는 쪽이니까."

"그렇겠다."

"그런데 오늘 그 어머니는 달랐어."

"어머니였어?"

"응, 대학생 자녀를 둔 어머니."

쇼코는 아침까지 함께 있었던 이치카와 고즈에를 떠올렸다.

"내가 이런 걸 해도 될까."

고즈에는 쇼코와 함께 있는 동안 몇 번이나 그렇게 말했다.

"이런 호사를, 단지 다른 사람과 있기 위해 돈을 써도 되는 건가 싶어서."

고용된 입장의 쇼코는 뭐라고 말하기가 어려워 잠자코 있었다. 적당히 둘러대는 말은 일시적인 위로로만 들릴 것 같았다.

"딸한테 생활비도 보내줘야 하는데."

"생활비…… 한 달에 얼마나 보내세요?"

"8만 엔. 학비는 별도. 기숙사에 들어갔거든. 그래도 아르바이트하느라 힘든 모양이야. 그 근방은 아르바이트비가 싸니까. 하지만 내가 보낼 수 있는 건 간신히 그 정도라서."

쇼코는 힘없이 웃었다.

고즈에는 싱글맘이다. 올봄에 외동딸이 도호쿠의 국립대학에 들어갔다고 했다.

"그런 사람이 왜 지킴이를 신청하는 거야?"

다이치에게 전화를 받고 쇼코도 고개를 갸웃거렸다.

"잠을 못 잔대. 딸이 도호쿠로 가고 나서 많이 외로운가봐."

"그럼 정신과에 가서 수면제라도 처방받는 게 낫지. 보험도 적용되고, 의사가 얘기도 조금은 들어주니까."

"몰라, 그런 사정은. 대체 돈 되는 일인데 왜 거절해?"

"그야, 너무 뻔뻔하잖아."

"그보다 너, 수면제 같은 말이 아주 자연스레 나오는데, 혹시 먹고 있는 거야?"

"……안 먹어. 그 정도야 상식이지."

거짓말이었다. 막 이혼했을 무렵, 몇 차례 수면제에 의지한 적이 있었다. 지금은 안 먹지만.

"아무튼 다녀와. 우리를 부른 건 그쪽이고 뭔가 이유가 있을지도 모르니까."

이치카와 고즈에는 마르고 자세가 약간 구부정한 사람이었다. 안색도 결코 좋지 않았다. 자택은 무사시코가네이의 작은 연립주택이다. 작은 주방 하나에 방이 두 개인 구조일 거라고 쇼코는 생각했다. 주방 창가에는 빈병에 꽂은 들꽃이 장식되어 있었다. 엄마와 딸, 여자 둘이서 꾸린 살림답게 소박하고 온화한 분위기가 감도는 집이었다. 쇼코는 이 집에 사는 고즈에와 그 딸에게도 호감이 갔다.

"이 일을 어떻게 아셨어요?"

진미를 입에 넣고도 그 맛을 모르겠다는 듯한 표정을 짓고 있는 고즈에에게 물었다. 거기서부터 대화를 시작하는 게 가장 좋을 것 같았다.

"검색했지, 스마트폰으로."

고즈에의 손에는 남색 바탕에 꽃무늬가 들어간 케이스를 끼운 스마트폰이 꼭 쥐여 있었다. 문득 쇼코는 그 케이스가 딸과 색깔만 다른 걸로 똑같이 맞춘 게 아닐까 하는 생각이 들었다. 고즈에의 소지품치고 화려해 보였기 때문이다.

"지킴이를요?"

"아니. 처음엔 가사도우미나 심부름센터 같은 걸 찾았어. 의뢰하는 게 아니라 내가 일을 하고 싶단 생각에."

"그런 사정이 있었군요."

"지금은 채소절임을 만드는 근방의 회사에서 사무직으로 일하고 있어. 딸이 유치원 다닐 때부터 파트타임으로 일하다가 사장님의 배려로 사원이 됐지. 벌써 십 년이나 흘렀어. 큰 회사는 아니지만 다들 좋은 사람들이라 사원이 됐을 때 얼마나 기쁘던지. 휴일과 이른 아침에는 도시락집에서 파트타임 일도 하고. 조금이라도 더 벌어 딸 생활비에 보태주고 싶어서. 거기다 약간 짬이 나는 시간에 가사도우미 같은 일을 좀더 할 수 있지 않을까 싶어 찾아봤지."

"그렇군요."

그 정도로 기를 쓰고 일하는 사람이 돈을 내고 자신을 불렀다고 생각하니 쇼코는 몸이 움츠러드는 것 같았다.

"가사도우미나 심부름센터 일을 생각했던 게 그 이유 때문만은 아니야."

"네."

"딸이 대학에 가고 여러 생각을 했어. 지금껏 일해오면서 자격증도 특기도 없는 내가 바람 불면 날아갈 존재라는 걸 잘 아니까. 지금은 경기가 좋아서 시급 1000엔짜리 일도 있지만, 이게 언제까지 계속될지는 아무도 알 수 없지. 그래서 이것 말고도 내가 할 수 있는 일을 찾아두고 싶었어. 다양한 일을 해보고 싶기도 해. 나이들어도 할 수 있는 일을 찾아야 하고. 자식에게 폐를 끼칠 순 없으니까."

이혼하고 혼자가 되어 딸과 함께 살지 못하는 쇼코에게 죄다 비수처럼 꽂히는 말이었다.

"고즈에 씨는 상당히 현명하신 분이시네요. 제가 이런 말씀드리기는 주제넘지만. 게다가 야무지세요."

"별것도 아니야. 그저 장래가 두려운 것뿐이니까. 딸아이 5학년 때 남편이 죽었어, 지주막하출혈로."

쇼코는 아무 대꾸도 할 수 없었다.

"지인 중에는 남편이 외도하는 일보다 낫지 않느냐는 사람도 있었어. 남편이 마지막 순간까지 나와 딸을 소중히 여겼으니까. 그런데 내 입장에선 남편이 바람을 피우더라도 살아 있는 편이 훨씬 좋았어. 혹시 내가 쓰러지더라도 딸을 생각해줄 사람이 있다고 여길 수 있는 게 그래도 나으니까. 하지만 내게는 아무도 없었어. 오로지 딸을 위해 달려왔는데 정신을 차리고 보니 아무도 없더라고. 친구가 없다는 걸, 얘기를 나눌 사람이 없다는 걸 깨달은 거야."

그런 거였구나. 그래서 나를 부른 거였구나, 하고 쇼코는 이해했다.

"딸이 대학교 기숙사에 들어간 그날 밤에 알았어. 지금 전화나 메시지로 얘기를 나눌 상대가 아무도 없다는 걸. 딸 말고는."

혼자 있는 밤이 무서워, 하고 고즈에는 고개를 떨궜다.

"……실은 저도 고즈에 씨 같은…… 싱글맘에 대학생 따님이 있는 분한테 의뢰가 들어왔다고 했을 때 놀라긴 했어요."

쇼코는 양손으로 얼굴을 감싸고 있는 고즈에를 보며 말했다.

"제가 놀랐던 이유는 두 가지예요. 돈을 허투루 쓸 수 없는 분이 어째서일까? 그리고 외동딸이 명문대에 들어가 자녀 교육이 일단락되어 행복의 절정에 계실 분이 어째서일까? 하고요."

"행복의 절정?"

고즈에가 고개를 든다.

"행복이죠. 우수한 따님을 두셨고, 그 아이를 잘 키워내셨잖아요. 부러워할 사람들이 많을 거라고 생각해요. 저도 부러운걸요. 행복하신 거예요. 고즈에 씨."

"……고즈에 씨라고 부르는 소리 참 오랜만에 들어보네."

잠시 후 그녀가 중얼거렸다.

"그런 얘기를 하는 거야?"

전남편 요시노리가 중얼거렸고, 쇼코는 미소를 지었다.

"그런 얘기를 해."

주문한 음식이 연달아 나왔다.

전갱이튀김은 바삭바삭하고, 파돼지고기볶음에는 대파가 듬뿍 들었다. 쇼코는 맥주를 남김없이 비웠다. 그의 맥주는 절반이 남아 있다. 업무중에도 괜찮다며 배짱 있게 말하더니 역시 그 이상 마시는 건 자제하는 모양이다. 그가 다음 술을 권해서 쇼코는 탁주를 시켰다. 곧바로 와인잔에 찰랑거릴 정도로 따른 술이 나왔고, 이렇게 양이 많을 줄 몰랐다며 그와 눈을 마주치고 쓴웃음을 지었다. 드디어 그와 눈이 마주쳤다.

전갱이튀김을 바사삭 씹는다. 따끈따끈한 튀김은 비린내도 없고 느끼하지도 않다.

앗 뜨거워, 그래도 맛있다, 하고 저도 모르게 말이 나왔다.

"당신은 외식할 때 튀김 요리를 꽤 먹었잖아. 집에서는 못한다면서."

알고 있었구나 싶어 쇼코는 살짝 기분이 좋아졌다. 그래서 무심코 받아쳤다.

"당신은 대파 좋아했잖아."

그가 수줍은 듯한 표정을 지었다.

"기억하고 있었어?"

"물론이지. 처음에 음식 중에 좋아하는 건 뭐냐고 물었더니 한참 생각하다가 '파'라고 해서 놀랐잖아. 보통 파를 좋아하는 음식으로 쳐주진 않으니까."

"이상한가?"

"좋아하는 음식이라면 야키니쿠나 라멘 같은 맛있는 요리란 느낌이 드는 걸 말하잖아."

그때 쇼코는 '초밥'이나 '크로켓' 같은 걸로 대답하려다 '참깨'라고 말했다. 그를 의식한 바람에. 물론 참깨를 좋아하지만 모든 음식 중에서 제일 좋아하는 건 아니다.

그때 나는…… 하고 쇼코가 말을 꺼내려는 순간 요시노리가 먼저 말했다.

"실은, 재혼 얘기가 나오고 있어."

쇼코는 얼굴에 추억 회상용 미소를 그대로 머금은 채 되물었다.

"응?"

"재혼."

그가 살짝 고개를 숙인 채 젓가락질을 하면서 담담하게 말했다.

"회사 사람이고 나한테 잘해주는 여자가 있어. 일할 때도 늘 도움을 많이 받아. 한번은 아카리랑 둘이서 동물원에 갔을 때 반드시 내가 확인해야 하는 안건이 생겨서 그 직원이 서류를 들고 와줬어. 내가 자료를 검토하는 동안 아카리랑 동물원 안을 같이 돌아봐주더라고. 그래서……"

　나중에는 그녀와 아이가 친해져 요시노리를 끼워주는 식으로 어울리게 됐고, 그러면서 조금씩 그와 그녀의 사이도 가까워진 것이다. 그리고 그가 청혼하자 그녀는 승낙했다.

　"무엇보다 아카리와 잘 지내서 둘이서 상당히 친해졌어. 그녀도 아이를 좋아하고, 꼭 우리 가족의 일원이 되고 싶어해."

　재혼 얘기가 나오고 있다는 표현을 썼지만 이건 그중 누군가가 적극적으로 추진해서 연애 과정을 거친 결혼이 아닌가. 요즘 세상에 자료라면 스마트폰으로도 보낼 수 있을 텐데. 자연스러운 흐름인 척하지만 그들 사이에 훨씬 전부터 감정이 오간 게 아닐까, 아니 그보다, 혹시 그 여자가 그때 요시노리와 통화했던 상대인 걸까.

　"……그래?"

　하고 싶은 말, 묻고 싶은 말은 많았다. 하지만 쇼코의 입에서 새어나온 건 그런 반응뿐이었다.

　아무 말 없는 쇼코를 보고 그는 굳게 마음먹은 듯 말했다.

　"나도 여러모로 생각해봤어. 아무래도 우리가 다시 함께하긴 어렵겠지. 그럼 새로운 다음 단계를 모색해야 한다고 생각했어. 아카리를 위해서도."

　"……그래."

"어떻게 생각해?"

"갑작스러운 일이라 좀 놀라긴 했어."

쇼코는 다시 아무 말도 할 수 없었다.

잠잠히 아무 소리도 없는 시간이 흘렀다. 가게는 점점 혼잡해졌다. 여럿이 무리 지어 술을 마시는 손님, 혼자 마시는 손님, 근처의 회사원인지 덮밥만 먹고 곧장 나가는 손님. 쇼코와 요시노리의 테이블만 쥐죽은듯 조용했다.

"뭐라고 말하면 좋을까."

"아니, 당신의 생각을 들려줘. 그걸 말하려고 와달라고 한 거니까."

하지만 쇼코 자신에게 뭔가를 말할 자격은 이제 없는 듯했다.

"그럼 내가 재혼하지 말라고, 아카리에게도 좋지 않을 것 같다고 말하면 어떻게 할 거야?"

"뭐?"

예상치도 못한 대답이었는지 그의 눈이 휘둥그레졌다.

"가령 내가 반대한다면, 당신은 그 결혼 관두겠다고 할 거야?"

"아니……"

그럼 그는 무슨 말이 듣고 싶다는 걸까.

"단지 나는 당신도 이해해줬으면 해서. 가능하면 축하받고 싶고. 아카리도 마음에 들어하는 아주 괜찮은 사람이니까."

그런 거였구나. 찬성해주기를 바랐던 거다. 전 부인도 기뻐한다는 보증을 원했던 거다.

"당신은 그런 생각을 하고 있었어?"

쇼코는 한동안 잠자코 있었다.

"무슨 의미야? 가령 당신이 반대한다는 게······"

"아니야. 반대하는 거 아냐. 좋은 사람인 거지?"

"그야 그렇지."

요시노리에게 물었던 말은 쇼코 자신에게 되돌아오는 것이기도 했다. 재혼하지 말라고 해봤자, 그후 자신은 어떻게 하겠다는 건가. 그 집에 돌아갈 수 있다는 건가.

"그럼, 잘됐네."

쇼코는 빙긋 웃어 보였다.

"잘됐네. 그런 좋은 사람이라면 잘됐지."

"이해해줘서 다행이야."

잘됐다, 하는 말소리가 무의미하게 테이블 위를 오갔다.

"다만 재혼 전에 아카리를 보고 싶어. 제대로 얘기하고 싶어. 아카리한테 말해두고 싶은 것도 있고."

"물론이지. 아카리가 정말 그녀를 많이 좋아한다는 걸 알 수 있을 거야."

"그럼, 미안하지만 얘기 끝났으면 나 먼저 가볼게."

"어? 벌써 가는 거야? 볼일이라도 있어?"

"응. 사무실에 얼굴을 좀 비춰야 해서."

"그래. 아쉽네. 나중에 또 얘기하자. 궁금한 거 있으면 전화해."

말과 정반대로 그의 표정에 안도하는 기색이 보였다.

쇼코는 자리에서 일어나 가게를 나왔다. 등뒤로 미닫이문을 드르륵 닫고 나서야 계산하지 않고 나와버렸다는 걸 깨달았다.

'뭐, 어때. 결혼 앞두고 행복한 사람인데.'

그렇게 속으로 중얼거리는데 생각지도 못한 눈물이 또르르 흘렀다. 눈물을 떨구지 않으려 고개를 들자 여름햇살이 쇼코의 얼굴을 뜨겁게 비췄다.

'아, 이번 약속이 왜 세번째인 거냐고 묻는다는 걸 깜빡했네.'

그 의미를 묻는 일이 두 번 다시 없을 것 같은 기분이 들었다.

열두번째 술

프렌치 레스토랑
다이칸야마

첫번째 요리는 유리 푸딩컵에 든 무스였다. 보기에 그저 하얀 소프트크림 같은 요리라 아카리가 어리둥절한 눈빛으로 쇼코를 바라보았다.

"처빌이라는 프랑스 허브의 뿌리를 무스 형태로 만든 요리입니다. 아래에는 콩소메줄레*가 숨어 있지요. 스푼으로 드세요."

검은색 복장의 가슴께에 반짝이는 소믈리에 배지를 단 남자 점원이 상냥하게 설명해줬다.

"과자 같아."

아카리가 그의 설명에 고개를 끄덕이며 중얼거렸다.

---

* 젤리 형태의 프랑스식 디저트.

"맞아요. 디저트처럼 보이죠. 꼭 먹어보세요. 어떤 맛이 나는지 이따가 알려주세요."

"그럼 먹어볼까?"

요시노리가 스푼을 들었다.

아카리가 스푼으로 조심조심 무스를 떠올려 입안에 넣는 모습을 쇼코는 물끄러미 바라보았다.

"아, 맛있다. 달콤해."

불안해 보였던 아카리의 얼굴이 환히 빛난다.

"그런데 줄레라는 건 짭짤해. 하얀 부분만 먹으면 과자 같은데 같이 먹으니까 밥의 반찬이 되네."

"표현 좋은데."

쇼코는 저도 모르게 요시노리와 눈을 마주치고 웃었다.

"맛있어. 아카리, 이렇게 맛있는 거 처음 먹었어."

아카리는 순식간에 푸딩컵에 든 요리를 다 먹더니 더 먹고 싶다며 바닥에 닿지 않는 조그만 발을 버둥거렸다. 큰 소리로 다른 손님에게 피해를 끼치는 정도가 아니라 주의를 주진 않았다.

쇼코도 그제야 스푼을 들어 한입 먹었다. 아카리의 말대로 처음에는 디저트처럼 감미롭고 부드러운 크림 형태의 거품이 입안에 퍼졌다. 그후 줄레의 감칠맛과 짭조름한 맛이 더해진다. 전채 요리 전에 나오는 아뮈즈부슈라는 걸 분명히 알 수 있다.

'이곳으로 하길 잘했어. 가격은 좀 부담스러워도.'

전남편 요시노리와 아이랑 함께 셋이서 밥을 먹으며 앞일을 얘기하기로 하고 쇼코는 이런저런 식당을 알아봤다.

지난번 요시노리로부터 재혼 생각이 있다는 말을 듣고 놀라서 가게를 뛰쳐나온 뒤, 그와는 메시지와 통화로 몇 차례 얘기를 나눴다. 가장 마음에 걸리는 건 초등학교 2학년인 딸아이에게 그 말을 어떻게 전할까 하는 문제였다.

"내가 말하면 되지 않겠어? 아카리도 어렴풋이 눈치챈 듯한데."

요시노리는 쇼코의 걱정을 듣고도 처음에는 선뜻 이해하지 못하는 것 같았다.

"가능하면 셋이 함께 있는 자리에서 얘기하고 싶어. 중요한 일이니까 서로 말이 엇갈리지 않았으면 좋겠어."

"응."

요시노리는 이렇게 대답하고 잠시 생각에 잠겼다. 재혼 상대가 있으니 그의 입장에서는 '요시노리, 쇼코, 아카리' 이 셋보다 '요시노리, 아카리, 재혼 상대' 쪽이 중요할지도 모르겠다. 아니, 오히려 쇼코를 제외한 그 셋의 문제라고 생각할지도 모른다. 아님 '요시노리, 시부모, 재혼 상대, 아카리'의 문제거나.

어쩔 수 없는 일이라고 쇼코도 이해했다. 그가 이미 새로운 생활과 가정을 향해 가고 있다는 걸 알았으니까. 다만 조금 쓸쓸했다.

"알았어. 셋이서 얘기하자."

요시노리가 웅얼거리는 목소리로 대답했다.

"다행이다. 그럼 식당을 알아봐놓을게. 밥은 내가 살 거야."

쇼코는 그의 어조를 알아채지 못한 척하며 밝게 대답했다.

날짜는 다음달 둘째 주 토요일 점심으로 정해졌다.

약속이 정해진 뒤에는 식당을 검색하느라 바빴다. 다이치와 사치에에게 의논하고 인터넷에서 정보를 수집해 아이를 데려가도 괜찮은 프렌치 레스토랑을 찾았다.

"격식을 차려야 하는 식당이 아니어도 되잖아. 셋이서 함께 식사할 수 있는 곳이라면. 아카리는 아직 초등학교 2학년이고."

"아카리랑 이탈리아 요리를 먹으러 간 적은 있는데 프랑스 요리는 아직이라서."

쇼코는 아카리가 처음 프랑스 요리를 맛볼 때 그 표정을 보고 싶었다. 아이가 처음 일어섰을 때, 처음으로 뜻이 있는 말을 했을 때, 처음 슈크림을 맛보았을 때. 그 모든 표정을 기억하고 있다. 이혼한 뒤로 아이의 첫 순간을 보는 일이 없어졌다. 이번에 프랑스 요리를 먹을 때 볼 수 있을 것이다. 아이가 웃고 놀라고 한숨 쉬는 모습을 전부 지켜보고 마음속에 담아두고 싶었다.

어쩌면 셋이서 하는 마지막 식사가 될지도 모른다. 반드시 딱 잘라 말할 순 없지만 그가 재혼하면 아무래도 그 횟수가 줄어들 것이다.

그렇기에 특별한 음식으로 하고 싶었다.

"그런가. 거기서 그런 얘기를 들으면 오히려 트라우마가 될 것 같은데. 맛있게 밥을 먹고 새엄마 얘기를 듣다니. 프랑스 요리를 먹을 때마다 생각날지도 모르잖아."

쇼코도 같은 생각을 안 한 건 아니었다. 하지만 그런 걱정은 잠시 접어두고 아이에게 셋만의 즐거운 시간을 만들어주고 싶었다. 분명하게 얘기하고 충분히 설명하면 괜찮을 거라고 스스로를 납득시키며 다이치의 말을 무시했다.

여러 곳을 검토한 끝에 다이칸야마에서 조금 걸어가면 나오는 하치야마초 파출소 앞의 단독주택을 개조한 프렌치 레스토랑으로 정했다. 정통 프랑스 요리가 제공되면서 아이를 데려갈 수 있는 분위기의 식당이다. 둘째 주라면 아이를 동반해도 괜찮다는 확인도 받아뒀다.

아무튼 오늘은 식사를 즐기고 싶어.

그런 생각으로 쇼코는 테이블에 놓인 글라스와인 리스트를 집어들었다.

글라스와인 두 종류에 1800엔, 세 종류에 2700엔이라고 적혀 있다. 요시노리와 쇼코는 이미 샴페인을 한 잔씩 마신 상태였다.

쇼코는 눈짓으로 소믈리에를 불렀다.

"추천하는 와인 있나요?"

"전채 요리로 화이트아스파라거스를 주문하셨네요. 크림소스라 조금 맛이 진합니다. 그에 맞는 화이트와인으로 추천해드리겠습니다. 크림을 잘 받아줄 산뜻한 와인입니다."

"그럼 그걸로 주세요."

아카리는 둘의 대화를 가만히 듣고 있었다. 흥미진진한 모양이다. 평소 동그란 눈이 한층 더 커졌다.

그래. 이런 대화를 들려주고 싶었다. 쇼코가 홋카이도를 떠나왔을 무렵에 최소한의 매너는 알고 있었어도 아직 판단력이 없어 어디를 가도 불안했으니까.

마침 취직한 회사의 촉탁사원 중에 식도락가인 중년 남자가 있었는데, 그가 점심때 쇼코와 다른 직원들을 데리고 프렌치 레스토랑에 간 적이 있었다. 그때 크게 배운 건 어디를 가더라도 주뼛거릴 필요 없이 모르는 게 있으면 점원에게 물어보면 된다는 간단한 사실이었다. 그 촉탁사원 역시 와인의 종류부터 나이프와 포크의 사용법까지 넉살 좋게 점원에게 질문했었다. 제대로 된 식당이라면 반드시 손님에게 정중히 설명해준다는 것도 그때 배웠다.

게를 사용한 전채 요리를 주문한 요시노리는 어패류에 어울리는 리슬링와인을 추천받았다.

"아, 맛있어."

소믈리에가 가져다준 와인을 한 모금 마시고 쇼코는 저도 모르게 작은 소리로 내뱉었다.

"이런 거 처음 마셔봐. 브랜디 같기도 하고 위스키 같기도 하고, 진하면서 달콤한 향이 나네."

"알코올 도수도 약간 높습니다."

소믈리에가 요시노리의 와인을 따르며 말했다.

"그거 나도 한 모금 줘봐."

요시노리가 무의식중에 손을 뻗었다.

아카리가 엄마와 아빠의 모습을 보며 기쁘다는 듯 키득키득 웃었다.

아, 우리는 지금 분명 행복한 가족으로 보일 것이다. 쇼코는 와인의 술기운까지 더해 눈시울이 뜨거워졌다.

크고 도톰한 화이트아스파라거스는 위에 생햄이 올라가 있고 주위로 진득한 크림소스를 두르고 있다. 이 산뜻한 화이트와인이 잘 어울릴 수밖에 없다고 쇼코는 수긍했다.

요시노리와 똑같이 주문한, 게가 올라간 블랑망제*를 아카리가 순식간에 먹어치웠다.

"아카리, 배 안 불러? 괜찮아?"

"괜찮아. 맛있단 말이야, 전부 다."

아카리가 천연덕스럽게 말했다.

메인 요리가 나오기 전에 아카리가 화장실에 갔다. 쇼코가 같이 가려고 하자 언니 시늉을 하듯 "혼자 갈 수 있어" 하고는 자신만만하게 걸어갔다.

"어떻게 할 거야?"

아카리의 모습이 사라지자마자 요시노리가 나지막이 말했다.

"어떻게 할 거냐니, 뭘?"

"재혼 얘기, 지금 할 거야?"

"그럴 생각인데."

"……괜찮을까."

"무슨 뜻이야? 그러려고 계획한 거잖아."

"그래도 모처럼 분위기 좋은데."

그는 주위를 둘러보았다. 쇼코네 외에는 오십대쯤 되어 보이는 네 여성의 무리뿐이다. 또래 자녀를 둔 엄마들인지, 전 직장 동료들인지 즐겁게 서로 마주보며 웃고 있다. 자리가 약간 떨어져 있기도 하고 자신들 얘기에 흠뻑 빠져 이쪽 분위기가 심각해

---

* 우유에 생크림이나 젤라틴 등을 섞어 냉각시킨 젤리 형태의 과자.

지더라도 눈치챌 걱정은 없어 보였다.

"물론 그렇지만 가능하면 확실하게 얘기하고 싶어. 이 기회를 놓치고 다시 좋은 장소를 찾을 수 있을지도 모르고, 우리가 다 모인 자리가 좋겠어."

"그런가……"

요시노리를 의심하는 건 아니지만 쇼코는 자신이 모르는 곳에서 그가 어떻게 설명할지 걱정스러웠다.

"모처럼 온 프렌치 레스토랑에서 좋은 추억을 만들어주고 싶단 말이야."

"나도 그래."

"굳이 전 부인이 관여하지 않아도 되지 않느냐고, 그 사람도 그렇게 말하고."

"응?"

"실은 나랑 그 사람이 얘기할 생각이었거든. 그런데 당신이 말하고 싶다고 하니까."

그 사람이라는 말이 재혼 상대를 가리킨다는 사실을 깨닫기까지 찰나의 시간이 걸렸다. 요시노리는 아카리가 아니라 그쪽이 마음에 걸리는 걸까.

"나는 지금도 아카리의 엄마야. 그러니까 내 입으로 말하고 싶어. 그분을 나쁘게 말할 생각은 전혀 없어."

"그런데 왜 이렇게 고급 식당으로 했어. 이해가 안 돼. 아카리가 앞으로 프랑스 요리에 안 좋은 감정을 가질지도 모르잖아."

다이치와 똑같은 말을 한다.

"그건 핑계 아냐?"

"무슨 뜻이야?"

"말로는 아카리, 아카리 하면서 결국 그 사람에게 더 신경쓰는 것뿐이잖아."

요시노리는 말이 없어졌다.

"나는 아카리에게 불안감을 주고 싶지 않아. 이번 일은 나도 이해하고 있고, 결코 어떤 문제도 없다는 걸 알려주고 싶어."

그래도 그는 묵묵부답이었다.

둘이 한창 감정적으로 대립하고 있을 때 아카리가 화장실에서 돌아왔다.

소믈리에가 의자에 앉는 아카리를 정중하게 도와줬다. 꼬마 숙녀 대우를 받아선지 꽤 기분이 좋아 보였다. 하지만 엄마와 아빠 사이의 변화를 금세 눈치챈 모양이다.

"왜 그래?"

아카리가 불안한 듯 번갈아가며 둘의 얼굴을 쳐다보았다.

그래 이거였어, 쇼코는 생각했다. 이혼하기 얼마 전부터, 그리고 이혼을 협의할 때도 아카리는 늘 부모의 안색을 살폈다. 지금

보다 어렸는데도 뭔가를 짐작하고는 둘 사이가 좋지 않구나 싶어 표정이 바뀌곤 했다.

아이에게 그런 표정을 짓게 하고 싶지 않아 헤어졌다. 불안감보다 안정된 장소를 주고 싶어 집을 나온 것이었다.

"옛날에 말이야."

쇼코는 웃는 표정을 지으며 다른 얘기를 꺼냈다.

"엄마가 다녔던 중학교는 졸업 전에 수학여행과는 별도로 소풍을 갔어."

대체 무슨 얘기를 하려는 건가 싶어 요시노리가 이쪽을 쳐다보았다. 쇼코는 살짝 고개를 끄덕였다. 괜찮아, 걱정하지 마, 라는 신호인 셈이다.

"아카리가 생각하는 소풍이랑 조금 달라. 공원이나 동물원에 가는 게 아니야. 시에서 한 학생당 5000엔씩 예산을 지급해주는데, 무엇에 쓰고 어디를 갈지는 선생님과 학생들이 정하는 거야."

"학생들이 정할 수 있어? 재미있겠다."

"응. 이제 중학교도 마지막이니까, 의무교육……이 뭐냐면, 초등학교랑 중학교는 꼭 다녀야 하잖아? 그런 걸 의무교육이라고 부르는 거야. 그 의무교육을 마치는 해니까 학생들이 좋아하는 걸 고르게 해줬겠지? 그래서 소풍실행위원회를 만들어서 어디로 갈지 의논했어."

쇼코는 가위바위보에 지는 바람에 울며 겨자 먹기로 위원을 맡게 됐다. 그때까지 반에서 별다른 활동이나 역할이 없었던 학생들만 모여서 한 가위바위보였다. 솔직히 졌을 때 꽤나 상심했다.

"위원회에서 여러 의견이 나왔어. 반 아이들의 희망사항을 잘 듣고 온 위원도 있었고, 여행사의 팸플릿을 가져온 위원도 있었지. 하지만 결국 학교에서 조금 떨어진 곳에 새로 생긴 관광용 목장이나 놀이공원에 가고 싶다는 결론으로 마무리될 것 같았어."

실제로 일 년 선배들이나 옆 학교는 그렇게 했다.

"그런데 말이야 선생님들의 의견은 달랐어. 구시로*의 호텔에서 열리는 프랑스 식사예절 강좌를 듣는 건 어떨까 제안하시더라고. 프랑스 요리를 먹으면서 강사가 포크나 나이프의 사용법이라든지 와인잔을 쥐는 법 같은 걸 알려주는 거지."

"와, 나는 그런 수업 받아본 적 없는데."

줄곧 잠자코 있던 요시노리가 옆에서 끼어들었다.

"다들 굉장히 망설였어. 화제가 된 목장에도 가고 싶고 놀이공원에서도 놀고 싶었으니까. 그런데 선생님이 '중학교를 졸업하면 취직하는 사람도 있을 거야. 어쩌면 취직한 곳에서 근사한 프랑스 요리를 먹을 기회가 생길지도 모르잖아. 결혼식에 초대받을

---

* 일본 홋카이도 남동부의 도시.

지도 모르고. 그럴 때 부끄러워하지 않으려면' 하고 말씀하셨어."

"그랬구나. 훌륭한 선생님들이셨네."

요시노리가 고개를 끄덕였다.

부모의 마음 같은 것이었겠지, 하고 쇼코는 작게 중얼거렸다. 부모의 마음. 취직하거나 가업을 돕기 위해 고등학교로 진학하지 않는 학생은 몇 명뿐이었다. 하지만 그 학생들이 정식 예절을 배울 기회는 그때가 아니면 두 번 다시 없을지도 몰랐다.

"그래서 어떤 걸 배웠어?"

아카리가 물었다.

"포크와 나이프가 나란히 있으면 바깥쪽부터 사용한다거나, 통째로 요리한 전갱이소테*나 껍질째인 바나나를 포크와 나이프만으로 먹는 방법 같은 걸 배웠지. 꽤 어렵고 힘들었어."

당시를 떠올리며 쇼코는 희미하게 웃었다. 실수로 전갱이 머리를 처음부터 잘라낸 아이가 있질 않나, 옆 사람 샐러드에 드레싱을 뿌리는 아이가 있질 않나, 호텔 연회장은 그야말로 아비규환의 장이 되고 말았다.

"그래도 좋은 추억이 됐어. 어디를 가더라도 매너를 지키는 데 두렵지 않았거든."

---

* 버터나 오일을 넣은 팬에 고기나 생선을 구운 요리.

사회인이 되어 상사와 외출해야 할 때도 테이블 매너만큼은 걱정하지 않았다. "쇼코 씨의 나이프 사용법은 깔끔하네요" 하고 촉탁사원도 칭찬했었다.

쇼코는 요시노리와 눈이 마주쳤다. 그가 알았다는 듯 고개를 끄덕였다.

"요리는 이렇게 맛있지 않았지만."

"그래?"

아카리가 깔깔 웃었다.

"아카리."

쇼코는 딸의 이름을 불렀다.

"응?"

"아빠가 말이야, 새엄마랑 결혼한대."

"어?"

아카리의 눈이 휘둥그레졌다. 아빠의 얼굴을 힐끗 쳐다본다.

"미나호 아줌마야? 아빠가 결혼할 사람."

"맞아."

요시노리가 고개를 끄덕였다.

처음 들었다. 요시노리의 상대가 될 사람이 '미나호' 씨라는 걸. 하지만 지금은 신경쓰이지 않았다. 눈앞에 있는 아카리의 감정 외에는 아무것도 신경쓰이지 않았다.

"엄마도 얼마 전에 아빠한테 들었어. 아주 좋은 분이라며? 다행이야."

아카리가 눈을 치켜뜨고 쇼코의 얼굴을 올려다보았다.

"미나호 아줌마는 친절해."

"새엄마는 아카리가 사는 세타가야 집으로 올 거래. 그러니까 아카리는 지금이랑 똑같이 할머니랑 할아버지랑 함께 사는 거야."

새 부인은 그 생활을 잘 감내할 수 있을까. 문득 그런 생각이 쇼코의 머릿속을 슬쩍 스쳤다.

잘하겠지. 쇼코와 요시노리처럼 상황에 떠밀려 결혼하는 게 아니니까. 그녀는 요시노리를 사랑하고 아이랑 시부모와의 동거도 인지한 상태에서 오는 거니까. 시어머니에게도 그런 마음이 전해질 테고, 본인이 전에 했던 실패를 통해 배운 것도 있을 것이다.

"엄마도 기쁘게 생각해. 그래도 엄마가 아카리의 엄마라는 사실은 변하지 않을 거고, 앞으로도 우리는 만날 수 있어. 혹시 무슨 일이 있으면 엄마한테 와도 돼."

"그런 거야?"

아카리가 요시노리 쪽을 보았다.

"그럼."

그가 숨을 내쉬며 끄덕였다.

"그럼 엄마가 두 명인 것 같은데."

"바로 그거야. 아카리는 엄마가 두 명. 엄마가 더블이지."

쇼코가 손가락으로 V자 두 개를 합쳐서 W자를 만들어 보였다.

"좋지?"

"응."

"그러니까 아무 걱정 안 해도 돼. 알았지?"

"알았어."

아카리가 힘껏 고개를 끄덕였다.

말은 그렇게 해도 아카리의 얼굴에 웃음기는 없었다. 입으로
는 알겠다고 해도 불안한 마음을 감출 수 없는 것이다. 물론 앞
으로 아무 문제가 없는 것도 아닐 테고.

그때 덜컹거리는 소리가 났다.

"자, 가장 즐거운 시간이 왔습니다."

소믈리에가 빙긋 미소를 머금고 서빙카트를 밀면서 다가왔다.

"디저트 드실 시간입니다."

카트 위에 열 종류쯤 되는 미니 사이즈 디저트가 빼곡했다. 앙
증맞은 컵에 담긴 젤리와 무스, 에클레르와 케이크, 쿠키와 트러
플초콜릿……

"와."

의기소침하던 아카리가 무심코 소리를 높였다.

"딸기젤리, 홍차무스, 피낭시에, 캐러멜맛 에클레르, 가토쇼콜라, 트러플초콜릿. 어떤 것이든 원하는 만큼 드시면 됩니다. 이외에도 아이스크림과 젤라또가 세 종류 준비되어 있습니다."

"아카리 이거 다 먹고 싶어."

"그렇게 많이는 못 먹어."

쇼코가 당황해서 아카리를 타이른다.

"당연히 다 드셔도 됩니다. 꼭 드셔보세요."

"그럼 이 카트에서 종류별로 전부 하나씩 먹을까? 아카리가 남긴 건 우리가 먹고."

"괜찮습니다. 아버님과 어머님도 드시고 싶은 걸로 고르세요."

그래도 음식을 남기는 건 미안한 일이므로 셋이서 조금씩 고르기로 했다.

테이블 위에 나열된 각양각색의 예쁜 디저트를 보며 아카리가 이리저리 시선을 옮겼다.

아, 맛있는 음식이란 건 정말 근사하다. 사람의 마음을 이토록 포근하게 해주니까.

우리는 부족한 인간이고 지금껏 그래왔듯 앞으로도 분명 실수를 저지를 것이다. 그래도 오늘은 그럭저럭 잘해냈다. 그러면 된 것 아닐까. 이후에도 문제는 얼마든지 생기겠지만 그건 그때 가서 생각하면 된다.

오늘 일은 살면서 몇 번이고 거듭 떠올리게 될 것이다. 때로 눈물이 날지도 모른다. 그때 이 요리의 기억이 마음을 위로해주리라 믿는다.

셋이서 디저트를 입안 가득 넣으며 쇼코는 그 찰나의 달콤함에 몸을 맡겼다.

열세번째 술

해산물덮밥

보소반도

"그래서, 쇼코는 프랑스 요리를 먹고 마음이 홀가분해졌어?"

다이치가 운전하면서 갑자기 엉뚱한 소리를 한다.

"마음이 홀가분해지다니, 무슨 말이 그래? 헤어진 남편이 재혼해서 아이가 이제 그 여자랑 살아야 하는데 마음이 홀가분해질 일이 아니잖아."

조수석에 앉은 사치에가 과격한 말투로 쇼코의 마음을 대변해 줬다.

"마음이 홀가분해지는 것과는 다른 문제거든!"

뒷좌석에 앉은 쇼코는 앞쪽 등받이에 찰싹 달라붙어 둘의 귓가에 대고 소리쳤다. 다이치의 차가 오픈카라 그렇게 하지 않으면 소리가 안 들린다.

"어쩔 수 없다고 여길 수밖에 없는 심정일 거야!"

"그게 무슨 말이야, 어쩔 수 없다고 여길 수밖에 없다는 게. 분명히 말해."

"그러니까 내 말은, 쇼코 입장에선 납득할 수 없는 일인데 그래야만 한다고 자신을 타이르고 있을 거라고."

사치에의 표현이 자신의 감정에 상당히 근접해 쇼코는 입을 다물었다.

"뭐라고?"

쇼코가 아무 말도 안 했는데 바람소리에 대답을 못 들었다고 착각했는지 다이치가 되물었다.

"아무 말도 안 했다고."

"뭐? 뭐라고?"

'더는 안 되겠다.'

"차 지붕 좀 덮어!"

"뭐라고?"

"지부웅. 자동차 지부웅! 닫으라고!"

햇볕이 강렬해 피부가 탈 것 같은데다 모자며 짐이며 날아갈까 조마조마하기만 했다. 무엇보다 큰 소리로 말하느라 완전히 진이 빠졌다.

'우미호타루'*에 차를 세우고서야 마침내 다이치는 자랑스러운 오픈카의 지붕을 닫아줬다.

"오픈카 타기엔 지금이 제일 좋은 계절인데 말이야."

초여름이라지만 이미 한여름처럼 더웠다. 빈말이라도 좋은 계절이라 하기는 어려웠다.

"너는 일 년 내내 오픈카 타기에 제일 좋은 계절이라고 하잖아?"

사치에가 냉랭한 목소리로 말했다.

사치에는 가슴께에 커다란 코끼리 그림이 들어간 티셔츠와 동남아시아 민속의상 같은 헐렁한 바지를 입고 있었다. 사치에가 캐주얼한 일상복을 입은 걸 오랜만에 본다.

"이거 캄보디아에서 산 거야. 지난 휴가 때 앙코르와트에 갔었거든."

쇼코의 시선을 의식했는지 사치에가 손가락으로 바지를 집고 설명했다.

"알리바바 바지래. 3달러도 안 해. 편하고 시원해서 왕창 사 왔지. 쇼코도 한 장 줄게."

사치에는 예전부터 일상복과 갖춰 입은 차림의 차이가 심한

---

* 도쿄만 기사라즈 인공섬에 건설된 고속도로 휴게소.

사람이었다. 회사에 입고 가는 빈틈없이 단정한 정장 외에 파자마와 이런 옷밖에 없다. 그리고 장기휴가를 받아 방랑에 가까운 여행을 한다.

정장 차림일 때는 유능한 여성의 보브커트처럼 보이던 머리가 지금은 바람에 나부껴 영락없는 자연인 같았다.

쇼코는 그런 사치에의 모습이 부러웠다.

셋은 카페에서 차를 마시며 잠시 쉬다가 우미호타루를 나왔다.

오픈카 지붕은 얇은 천 같은 소재라 닫아도 소음이 울려퍼진다. 그래도 모자가 안 날아가는 것만으로 다행이었다.

"그래서 쇼코는 앞으로 어떻게 하고 싶은데?"

"어떻게 하고 싶으냐니? 그런 거 묻지 마."

"어? 그 얘기 하려고 온 거 아냐?"

우미호타루를 나온 뒤 사치에와 다이치가 다시 얘기를 꺼냈다.

"……미안하지만."

"왜?"

"나 좀 자도 될까? 어제부터 거의 잠을 못 자서."

심야 일을 끝내고 집에서 한숨 자던 와중에 억지로 불려 나온 게 오전 8시였다.

"일어나, 쇼코. 보소반도 가자."

몇 번이나 초인종이 울려 몽롱한 정신으로 인터폰을 받으니

다이치의 목소리가 들렸다.

"무슨 소리 하는 거야?"

"나도 있어, 쇼코. 우리 지금 보소에 갈 거야."

사치에의 목소리도 겹쳐 들렸다.

"뭐하러 가는데?"

"맛있는 생선 먹으러."

"내가 운전할 테니 술도 원하는 만큼 마셔."

쇼코는 거절할 요량으로 물었다가 맛있는 생선, 이라는 말을 듣는 순간 대답해버렸다.

"갈게."

차에 타서 상황을 정리해보니 지난밤 둘이 술을 마시다 쇼코에 대해 얘기를 나눈 모양이다. 앞으로 쇼코가 어떻게 해야 하는가를 두고 실랑이를 했다고 한다.

쇼코는 그 얘기를 듣고 차에서 내리고 싶었지만 이미 고속도로에 진입한 상태였다.

"그럼 쇼코에게 물어보는 게 빠르겠다 싶었지."

"아침에 너를 데리고 보소에 가기로 하고."

"……그럼 둘 다 밤을 새운 거야?"

지금 운전할 때가 아니잖아…… 하는 생각이 들어 쇼코는 다시 내리고 싶어졌다.

"괜찮아, 사무실에서 잠깐 눈 붙였어."

"나는 다이치네 집에서 잤어."

"그런데 왜 보소야?"

순간 둘 다 아무 말이 없었다.

"글쎄, 왜였지?"

"직접 쇼코한테 물어보자는 얘기를 하다가."

"기왕이면 맛있는 거라도 먹자 하는 말이 나왔고."

"그럼 보소나 이즈가 좋겠다 싶어서. 조금 멀리 나가고 싶을 때는 그중 하나로 가거든."

도쿄를 벗어나면 왠지 좀 기운이 생기지 않아? 하며 사치에가 웃었다.

쇼코는 그 말에 대답은 안 했지만 무슨 의미인지 알 것 같았다.

홋카이도에서 자란 우리들은 조금이라도 탁 트인 곳, 지평선이 보이는 곳으로 가면 몸이 기지개를 켠 듯 개운함을 느꼈다.

어쨌든 이렇게 밖으로 데리고 나와주는 친구가 있다는 건 고마운 일이지…… 하고 쇼코는 생각했지만 사랑싸움에 휘말리는 건 별개의 일이다.

"조금만 자게 해줘, 응?"

"알았어, 자."

쇼코는 뒷좌석에서 몸을 뉘었다.

"아참, 그리고."

"뭔데?"

사치에가 목이 떨어져나갈 듯 세차게 고개를 돌려 이쪽을 바라보았다.

"자는 동안 내 얘기 함부로 하지 말라구."

둘이 놀라서 숨을 멈춘 기색이 역력했다.

'너무 숨을 참고 있네. 나까지 숨막힐 것 같아. 안 그래도 비좁은 차 안인데.'

걱정해주는 친구들의 마음은 충분히 와닿았지만 쇼코는 모르는 체하고 눈을 감았다.

"다 왔어."

쇼코가 깨어난 건 어느 주차장이었다.

차창 너머 주위를 두리번거리자 귀여운 서체로 '국도휴게소 후라리 도미야마'라고 적힌 간판이 걸린 건물이 보였다.

"여긴 어디야?"

"미나미보소의 국도휴게소. 산지 채소를 직거래할 수도 있고, 괜찮은 식당들도 있어."

"아하."

'富樂里를 후라리라고 읽는구나.'

다이치와 사치에가 냉큼 차에서 내려 기지개를 쭉 켠다. 쇼코도 밖으로 나왔다.

"여기 몇 번 와본 데야?"

둘 중 누구에게 할 것 없이 쇼코가 물었다.

"응, 두세 번쯤."

둘이 과거에 사귀었던 건 알지만 현재의 관계는 잘 모른다. 제법 둘이서 바람도 쐬러 다니는 건가.

쇼코의 작은 궁금증 같은 걸 알 리 없는 둘은 곧장 건물로 들어갔다. 쇼코도 부랴부랴 뒤를 따랐다.

1층은 지역 특산품과 해산물 등을 파는 곳이고 2층은 식당가였다. 창밖으로 보이는 파란 하늘에 기분이 상쾌하다. 아직 오전 11시지만 벌써 자리가 절반 정도 찼다.

"오, 자리그물* 해산물덮밥이 남았어."

다이치가 칠판에 적힌 메뉴를 가리켰다.

"그게 맛있어?"

"제철 생선을 먹을 수 있거든. 수량이 한정돼서 이것 때문에 일찍 나왔다고 해도 과언이 아니지."

자리그물로 잡은 제철 생선. 말로만 들어도 아찔하게 매력적이었다.

---

* 일정한 곳에 설치해놓고 고기떼가 지나가다 걸리도록 하는 그물.

"나는 그걸로 할게."

"나도. 너희는 맥주도 마셔."

"당연하지."

쇼코와 다이치는 이 지역 생선으로 만든 해산물덮밥을, 사치에는 회 정식을 주문했다. 다이치가 호사를 좀 누려볼까, 하더니 전복회를 추가한다. 쇼코와 사치에는 둘이서 병맥주를 마시기로 했다.

"아, 좋다. 초여름의 맥주는 인생의 낙이라니까."

사치에가 작은 맥주잔을 다 비우고 담담히 말했다.

자연스레 이끌리듯 맥주잔에 입을 댄 쇼코는 문득 '술은 오랜만이네' 하고 깨달았다.

전남편이랑 딸과 함께 프랑스 요리를 먹은 이후로 일 마치고 귀갓길에 한잔하는 일을 관뒀다. 그뿐 아니라 일이 없는 밤에도 집에서 혼자 술을 마시지 않았다.

금주중인 건 아니다. 단지 술 마실 기분이 들지 않았다.

그동안 혼자 집에 돌아가는 게 괴로워 낮에 술을 마셨다. 하지만 그조차 할 수 없을 때가 있음을 쇼코는 알게 됐다.

'술 마시는 데도 체력과 기력이 필요한 법이니까.'

쇼코는 결심하고 잔을 기울인다. 차가운 탄산이 목구멍을 타고 넘어가 가슴이 확 달아올랐다.

"아."

"왜?"

"알코올, 오랜만이라서."

사치에와 다이치가 눈을 마주치는 게 보였다.

점원이 가져다준 덮밥은 언뜻 보기에 수수했다. 베이지색, 흰색, 회색 등 색감이 밋밋한 생선회가 밥 위로 가지런했다. 음식을 가져다준 여자 점원이 "벵에돔, 황돔, 농어, 삼치, 전갱이"라고 알려줬다. 그리고 서덜로 끓인 미소시루와 작은 그릇에 담긴 조림 요리가 함께 나왔다.

"잘 먹겠습니다."

세 사람은 어린 시절처럼 입을 모아 말했다.

쇼코는 젓가락을 들고 전갱이 다타키부터 입에 넣었다. 살짝 꼬들꼬들함이 느껴질 정도로 신선도가 좋다. 이번에는 황돔을 입안 가득 넣었다. 흰살 생선이지만 풍미가 깊어 밥이든 맥주든 잘 어울린다.

덮밥이 수수하게 보인 이유는 참치나 연어처럼 선명한 색을 띤 생선이 없기 때문이었다. 똑같은 생선만 늘어놓은 것처럼 보이기도 한다. 하지만 맛이 풍부하고 저마다 개성이 있다.

"맛있다. 이걸로 하길 잘했네."

쇼코는 저도 모르게 뱃속 깊은 데서 우러나오는 소리로 중얼거렸다.

다이치와 사치에가 얼굴을 마주보며 웃었다.

"그렇지? 그래서 내가 억지로 이른 아침에 데리고 온 거라고. 점심엔 다 팔리니까."

"알았으니까, 우리는 좀 마실게."

사치에가 쇼코의 잔에 맥주를 가득 따랐다.

"같은 걸로 한 병 더 주세요."

빈 맥주병을 높이 들어 지체 없이 주문한다.

"더 마시게?"

"쇼코는 실컷 마시고 차 안에서 자면 돼."

다이치의 말을 흘려들으며 사치에가 대꾸했다.

"고마워."

다이치가 추가로 주문한 전복회는 쫄깃하고 신선했다. 바다 내음을 온몸에 고스란히 머금은 생물이라고 할까.

"이거, 간장이나 고추냉이를 아주 조금만 찍는 게 좋을 것 같아. 많이 찍으면 전복 본래의 맛이 사라져 아깝겠어."

똑같은 생각을 한 쇼코가 사치에의 말에 크게 고개를 끄덕였다.

"청주 마시고 싶다."

"나도 그 생각 했어!"

이런 말에는 큰 소리로 동조한다.

"지역 특산주로 찬술을 시킬까? '주만가메'라는 게 있던데."

메뉴를 확인하고 곧장 술을 주문하는 사치에에게 다이치가 살짝 어깨를 으쓱해 보인다.

"아, 좋다." 산뜻한 쌀누룩 향이 콧속을 통과한다. 전복에도 전갱이에도 잘 어울렸다.

"……쇼코, 아까는 미안했어."

서로 술을 주거니 받거니 하며 반 정도 마시자 사치에가 선뜻 사과했다.

"뭐가?"

"아카리 말이야. 멋대로 말해서 미안해. 다만 나나 다이치나 쇼코가 걱정돼서 그런 것뿐이야."

"나도 알아."

쇼코가 고개를 끄덕였다.

"별로 신경 안 써. 오히려 얘길 꺼내줘서 고맙게 생각해. 내가 먼저 말하기는 어려우니까. 얘기하면서 생각이 정리되는 것도 있을 테고…… 그런데."

"그런데, 뭐?"

"……그런데 아직 잘 모르겠어."

"뭘 잘 모르겠다는 거야?"

"그때 이후로 줄곧 마음이 궁지에 몰린 것처럼 무겁고, 정신을 차리고 보면 멍하니 그 일만 생각하고 있는 거야. 그 어두운 감정이 어디서 시작된 건지 잘 모르겠어. 적어도 표면상으론 아무것도 안 변하잖아. 나랑 아카리의 관계는. 어차피 지금껏 한 달에 한 번밖에 못 만났고, 그건 재혼 후에도 변함없을 거라고 요시노리가 말했으니까. 심지어 지난번에 내가 아카리한테 '만약 오고 싶으면 엄마한테 와도 돼'라고 말했을 때도 그는 부정하지 않았어. 물론 그와 다시 시작하는 게 불가능하다는 것도 잘 알고. 오히려 한 발 나아간 걸지도 모르는데, 왠지 기분이 개운하지 않아."

"그야 당연하지. 그쪽은 앞으로 다른 여자랑 살 거니까."

너무도 직설적인 다이치의 발언에 쇼코는 무심코 웃음이 터졌다.

"그것도 이성적으론 해소할 수 있어. 앞으로 아카리 곁에 엄마 같은 존재가 있는 편이 좋을 테니까."

쇼코는 작은 유리잔을 들어 찬술을 입에 머금었다. 잔 표면에 물방울이 맺힐 정도로 차가웠던 술이 살짝 미지근해지면서 맛이 한층 깊어진 듯했다. 술이 목구멍을 가볍게 자극했다.

"이런 말, 쉽게 하면 안 된다는 거 잘 알지만…… 혹시 쓸데없는 말을 하는 거라면 미안해…… 그런데 아카리를 쇼코가 맡는 건 생각해봤어?"

사치에가 아주 조심스레 물었다.

"늘 생각해. 헤어지고 난 뒤, 아니, 헤어지기 전부터 내내 생각했어."

쇼코는 스스로도 놀랄 만큼 강한 어조로 즉시 대답했다.

"당연히 늘 생각하지. 안 하는 날이 없으니까. 하지만 그런 말을 꺼내는 건 그저 내 이기심 같아. 내가 '아카리, 엄마 집으로 와' 하면 아마 아이는 거절하지 못할 거야. 하지만 현재 사는 환경도 버릴 수 없으니 많이 고심하겠지. 엄마와 아빠 중에 누구도 선택할 수 없어 망설일 테고. 괴로울 거야. 그 아이는 아빠, 할머니, 할아버지를 모두 좋아하니까. 학교에서 친구들이랑도 잘 지내고. 다정하고 풍요로운 환경에서 아이가 자라고 있어. 그런데 우리집에 오면 내가 똑같이 해줄 수 없을 것 같아. 그걸 아니까 도저히 말을 꺼낼 수 없어. 아이를 고민하게 하고 싶지 않아……그렇지만 만약에, 만에 하나 말이야, 언젠가 아카리가 스스로 나한테 오고 싶다고 한다면, 그러면……"

그럼 아이를 책임지고 맡을 수 있을까. 지금은 불가능하다. 혼자 먹고 살기에도 빠듯하다. 하지만 언젠가는……

그렇다, 줄곧 답답했던 원인을 알았다. 자신에게 능력이 없기 때문이었다. 스스로 할 수 있는 게 없어서 그저 고민하고 무기력하게 생각만 거듭하기 때문이다.

아카리가 앞으로 어떤 선택을 할지 알 수 없다. 그래도 나름의 준비는 확실히 해두자. 적어도 만일의 경우에 아이를 데려올 수 있는 당당한 엄마이고 싶다.

"정말 열심히 일해야 해."

쇼코가 감았던 눈을 뜨고 작게 중얼거리자 다이치와 사치에가 그녀를 바라보았다. 둘은 쇼코의 말을 듣고 뭔가를 이해했다는 듯 살며시 웃었다.

"결심이 섰나보네."

"응. 고마워. 이제 알았어."

아직 아무것도 해결되지 않았지만 쇼코는 조금은 길이 보이는 것 같았다.

"이제 뭐할 거야?"

쇼코가 주차장을 걸어가며 둘에게 물었다.

"보소에 오면 매번 들르는 농가가 있는데 거기 가볼까. 다이치, 데려다줄 거야?"

사치에가 조수석 문을 열면서 다이치를 향해 말했다.

"그런 지인이 있어?"

"초봄의 꽃 따는 시기에 왔다가 처음 알게 됐어. 봄이 되면 이 부근이 온통 꽃밭이잖아. 금어초나 비단향꽃무나 유채꽃 같은 걸 출하하니까. 그러다 마침 지나치던 꽃밭이 아주 예쁜 거야. 일하고 계시던 농가 노부인께 부탁했더니 꽃을 따게 해주더라고. 그후로 매년 다니고 있어."

"오, 그렇구나."

"연세가 벌써 여든넷인 노부인이야. 혼자서 농사일을 하셔."

"대단하시다."

"지금 시기에 꽃은 없겠지만 꽈리고추를 출하중일 것 같아."

차에 올라탄 뒤 다이치가 아무 말 없이 출발했다.

"그런 시기에 가도 돼?"

"너무 바빠 보이면 돌아오지 뭐. 그런데 괜찮을 거야. 얘기하는 걸 좋아하시는 분이라 우리가 가면 반가워하실걸. 가능하면 일도 거들고."

고속도로를 빠져나오자 해안선을 따라 도로가 이어졌다. 아니나 다를까 무수한 밭들이 펼쳐진다.

사치에가 뒤를 돌아보며 말했다.

"3월쯤에 오면 이 주변이 전부 꽃밭이야."

밭 뒤쪽으로 띄엄띄엄 바다가 보였다. 여기가 샛노란 유채꽃밭이라면 틀림없이 아름다울 것이다.

"봄에 또 오고 싶다."

"그렇지? 그래서 우리가 보소를 좋아하는 거야. 다음에 또 오자."

"……자도 돼, 쇼코."

안 그래도 쇼코는 그전부터 눈을 절반쯤 감고 있었다.

잠시 후 우리가 도착할, 여든네 살의 노부인이 관리하는 밭은 어떤 곳일까. 열심히 일하겠다는 다짐을 무심코 내뱉어버린 쇼코에게 그곳을 보여주려는 데는 분명 어떤 의미가 있을 듯했다.

그 나이까지도 일할 수 있는 것이다.

"도착하면 깨워줘."

잠에 취한 쇼코의 목소리에 다이치와 사치에의 웃음소리가 겹친다. 자신을 데리고 나와준 친구들에게 진심으로 고마웠다.

"깨워줄 테니 안심하고 자."

"눈뜨면 밭일 거야."

둘이 사이좋게 입을 모아 말한다.

'너흰 정말, 내 엄마, 아빠라도 되는 거야?'

맞다, 현재 둘의 관계를 물어볼 기회를 놓쳤다. 방금 전이 모처럼 좋은 타이밍이었는데.

'아무렴 어때. 나중에 물어보자. 넓은 밭에서 일을 돕다보면 그럴 기회가 생기겠지.'

어렸을 적부터 줄곧 그랬다. 둘은 머리도 좋고 야무져서 친구들을 잘 돌봐주곤 했다. 쇼코는 예전부터 행동이 굼떴다. 고향

동네에서는 겨울이 되면 운동장이나 옥외에 사람들이 손수 스케이트장을 만들었다. 스케이트를 타러 가면 쇼코는 꼭 신발을 갈아 신는 데 시간이 꽤 걸렸다. 그래도 둘은 계속 기다려줬다.

지금, 이 두 친구가 내 지킴이다.

달리는 차 안의 기분좋은 진동에 몸을 맡기며 쇼코는 속으로 중얼거렸다.

열네번째 술

장어덮밥
후도마에

아파트의 초인종을 울리자, 누구세요? 하고 카랑카랑한 여자 목소리가 들렸다.

"안녕하세요. 심부름센터에서 나온 이누모리 쇼코입니다."

"네, 들어오세요."

딸깍하는 소리가 나더니 안에서 이십대 중반으로 보이는 여자가 얼굴을 내밀었다. 의뢰인 하마타니 하루나인 듯했다.

통통하니 살집이 있고 피부는 하얗다. 아니, 하얗다기보다 눈썹도 입술도 볼도 빛깔이 없다. 전위연극을 하는 연기자 같은 얼굴에 순간 쇼코는 오싹함을 느꼈다.

"쇼코입니다."

"하루나예요. 들어오세요."

거실에 벗어놓은 옷가지와 마시다 만 페트병 음료가 널브러져 있다. 싱크대에는 설거지 안 한 그릇이 쌓여 있다.

쓰레기 집은 아니지만 정돈된 집이라고 하기 어렵다.

하루나가 허둥지둥 세면대로 달려갔다. 화장하던 도중이라 얼굴이 그렇게 하얬다는 걸 알고 쇼코는 마음이 놓였다.

"방금 할머니한테 밥 먹여드리고 기저귀도 갈았어요."

"네."

쇼코는 거실에서 이어지는 작은방으로 시선을 돌렸다. 침대 위 이불이 야트막이 솟아오른 게 보인다. 하루나의 할머니인 듯했다.

"아마 새벽까진 괜찮을 거예요. 그때쯤 저도 집에 올 거고."

그녀가 립스틱을 바르면서 쇼코에게 말했다.

"엄마도 식사하고 화장실도 다녀왔어요. 네 시간은 괜찮을 거예요. 혹시 화장실에 가고 싶다고 하면 어깨를 빌려주세요. 화장실까지 가기만 하면 스스로 할 수 있으니까."

그건 할머니의 옆방 침대에서 자고 있는 어머니를 말하는 듯했다.

"저기."

"알아요. 그쪽 사장님한테 간병은 안 한다고 들었으니까. 그런데 오늘밤엔 도저히 봐줄 사람이 없어서요."

눈썹을 그리고 볼에 블러셔까지 다 바른 그녀가 이번에는 화장실로 달려간다. 잠시 뒤 쏴 하고 성대한 물소리가 들렸다.

"노인복지센터의 야간서비스는 며칠 전에 예약해야 하고, 요양보호사도 밤엔 올 수 없다고 해서요. 그래서 인터넷으로 찾아봤어요. 밤, 긴급, 간병, 돌봄 같은 검색어로."

화장실에서 나오면서 그녀는 얘기를 계속했다.

"오늘은 진짜 어쩔 수 없어서."

어머니 방에 들어간 그녀가 작은 숄더백을 메고 나왔다.

"갑자기 약속이 생겼거든요. 어쨌든 쇼코 씨는 아무것도 안 해도 돼요. 텔레비전이라도 보세요. 최악의 경우라도 두 분이 살아만 있으면 되니까. 무슨 일 있으면 전화하세요."

마침내 모든 준비가 끝난 듯했다. 하루나는 소파에 앉은 쇼코를 향해 양손을 모으고 합장하는 듯한 동작을 했다. 어깨가 드러난 흰색 티셔츠와 분홍색 미니스커트의 화사한 차림이었다.

밤 10시가 지났다. 대체 이 시간에 누구를 만난다는 걸까. 당연히 애인이려나.

"정말, 부탁드려요."

"알겠습니다. 간병 경험이 없어 제가 할 수 있는 게 아무것도 없지만요."

"괜찮아요. 고마워요. 그럼 다녀올게요!"

쇼코의 말이 끝나기가 무섭게 하루나가 집에서 뛰어나갔다.

그녀가 나간 뒤 자연스레 후, 하고 한숨이 나왔다. 갑자기 집 안이 쥐죽은듯 고요해졌다.

할머니라는 분의 방에서 포로록 하는 작은 소리가 났다. 살며시 방안을 들여다본다. 인공호흡기 소리인 듯했다.

거실이나 주방을 보고선 도저히 상상 못할 정도로 방은 깨끗하게 청소됐고 침대보와 이불도 청결해 보였다.

"저기, 이누모리 쇼코라고 합니다. 오늘밤, 잘 부탁드려요."

쇼코는 침대를 향해 가볍게 고개를 숙였다. 아무 반응도 없었다.

같은 방식으로 그 옆의 어머니 방에서도 인사했다.

이 방도 잘 정돈되어 있었다. 그녀는 눈을 감고 있었지만 미세하게 고개를 움직여 보였다. 목소리에 반응한 건지, 말을 알아들은 건지는 알 수 없었다.

쇼코는 거실로 돌아와 소파에 앉았다. 텔레비전은 켜지 않고, 늘 그렇듯 가져온 책을 펼쳤다.

"갑작스럽지만…… 오늘밤, 시간 돼?"

저녁 무렵, 다이치가 조심스러운 투로 전화해 물었다.

"원래 우리가 하는 일이 아니니까 거절해도 괜찮아."

조건을 들어보니 확실히 특이하긴 했다. 간병이 필요한 두 여성이 있는 집의 젊은 여성에게서 들어온 의뢰였다.

"그런데 왜 나한테 얘기하는 거야?"

평소 다이치라면 단번에 거절하고 전화를 덜컥 끊어버릴 조건
이었다.

"아니, 의뢰인이 워낙 막무가내라. 제발 부탁드려요, 부탁드립
니다, 하는데 거절할 수 없더라고. 어쩔 수 없이 일단 담당자에
게 물어보겠다고 말해놨으니까…… 거절해도 돼."

"괜찮아, 갈게."

예전이라면 자신도 없거니와 당연히 거절했을 터였다. 하지만
쇼코는 이제 일을 가리지 않겠다고 결심했다.

"정말?"

"응. 자신은 없지만, 그래도 괜찮다면."

"다행이다, 의뢰인도 좋아하겠어."

전화 통화만으로 다이치의 마음을 움직인 여성이 어떤 사람인
지도 궁금했다.

'역시 상당히 막무가내인 사람이었어.'

그렇게 작정하고 나갔건만 하루나는 두 시간 만에 돌아왔다.

문을 두드리는 소리가 나기에 쇼코가 열었다. 처음에는 하루
나일 거라고 생각하지 않았다. 돌아오기에는 시간이 너무 이르
기도 했고 그녀한테 열쇠도 있을 테니까.

"아……"

하루나는 나갈 때와 딴판으로 침울한 표정이었다. 무거운 몸을 질질 끌듯 들어와 위태로운 자세로 하이힐을 벗는다.

"오셨어요."

"다녀왔습니다."

그래도 쇼코의 인사에 깍듯하게 대답했다.

그녀는 세면대로 가서 손을 씻고 입을 헹군 뒤 할머니와 어머니의 방으로 들어갔다.

"어땠어요? 주무시는 거예요? 소변은요? 괜찮아요?"

그렇게 말을 끝내고 다시 세면대로 가 요란하게 물소리를 내며 세수를 했다.

"……괜찮아요?"

쇼코가 조심스레 말을 걸었다. 괜한 오지랖이라고 화를 낼지도 모르지만 아무래도 걱정스러웠다.

"괜찮고 말고 할 것도 없어요."

그녀는 수건으로 얼굴을 박박 닦으며 나왔다.

"안 왔어요. 한 시간이나 기다렸는데."

"누가요?"

"상대방이요."

그녀가 쇼코 옆에 털썩 앉는다.

"저 왔으니까 이제 그만 가셔도 돼요."

"아, 그래도."

시계가 밤 12시 15분을 지나고 있었다. 마지막 전철이 끊겼을 것이다.

"이 시간에 나가는 것도 곤란하려나요."

"네. 첫차 다닐 때까지만 있어도 될까요?"

"물론이죠. 있고 싶은 만큼 머물다 가도 돼요."

"여기서 자도 되나요?"

"되죠."

하루나는 살짝 칠이 벗어진 손톱을 만지작거렸다.

"누군가와 약속을 했던 거예요?"

물을 필요가 없다고 생각하면서도 무심코 말을 걸고 말았다. 뭔가 쇼코의 마음을 움직이고 있었다.

"네."

"누구랑요?"

"……앱에서 알게 된 사람이요."

"만남 앱?"

"네."

"그런데 안 온 거예요?"

이 대목에서 그녀는 말없이 깊은 한숨을 쉬었다.

"분명 무슨 급한 일이 생겼을 거예요. 야근이라든가. 연락이라도 해주면 좋았을 텐데."

"정말로 그렇게 생각해요?"

"네? 네."

"그럼 쇼코 씨도 참 순진하네요. 아마 그 자식 약속 장소에 왔을 거예요. 내 얼굴이나 몸매를 보고 마음에 안 들어서 돌아간 거라고요."

"아."

쇼코의 얼굴을 보고 그녀가 슬쩍 웃었다.

"그런 건 생각도 안 해봤어요?"

"네."

"바람맞아본 적 없죠?"

"갑자기 약속에 나가기 싫어진 걸지도 모르죠. 왠지 귀찮아져서. 그런 경우 있잖아요."

"과연 그럴까요."

"그런 때도 있죠. 갑자기 밖에 나가기 싫어지는."

"그 자식, 퇴근한 뒤에 친구랑 술 마실 건데 그후에는 시간 있다고 했거든요."

"그럼 그 친구가 무거운 주제로 상담을 시작한 거예요. 이직이나 실연 같은. 그래서 자리를 비울 수 없게 된 걸지도 모르죠. 중간에 메시지도 못 보내고."

"그럴 수도 있겠네요."

쇼코도, 아마 하루나도 그 말을 믿는 건 아니었다. 하지만 얘
기를 나누는 것만으로 어딘가 무겁고 진지한 분위기가 가벼워지
는 기분이 들었다.

"오랜만에 할 수 있겠다 싶었는데."

"……섹스요?"

"네."

하루나는 자리에서 일어나 두 방을 보러 갔다. 기저귀 갈까요,
하는 소리가 들리더니 한차례 문이 닫혔다.

"……간병, 오래했어요?"

돌아온 하루나에게 쇼코가 물었다.

"할머니가 오 년. 엄마가 일 년 반인가."

"하루나 씨 혼자서요?"

"할머니가 쓰러지셨을 땐 엄마랑 둘이서 돌봤는데요. 그뒤로
엄마도 쓰러지셔서."

"다른 형제는요?"

"언니가 한 명 있는데, 결혼해서 치바 쪽에 살아서요. 아이도
있고."

이렇게 젊은 여자가 가족 두 명을 간병하고 있다고 생각하니

안쓰러운 마음이 들었지만 쇼코는 그런 감정을 쉽게 말로 내뱉는 건 피하고 싶었다.

"나한테는 이게 당연한 일상이니까요."

"네."

"굉장히 힘들 거라고 생각하죠? 다들 그렇게 말해요. 그런데 나한테는 이게 일상이에요. 일상이 계속 이어지니까 남들이 생각하는 것만큼 힘든 건 아니에요."

쇼코는 어쩐지 몹시 울고 싶어졌다. 하지만 그녀를 동정한다고 여길까봐 꾹 참았다.

'오늘밤 하루나를 바람맞힌 놈. 무간지옥에나 떨어져라.'

마음속으로 맹렬하게 저주를 퍼부었다.

'아니야, 죽고 나서가 아니라 살아 있는 동안 앙갚음을 당하기를. 이제 당신은 외식할 때마다 그 맛있는 음식 위에 반드시 누군가가 재채기를 할 거야. 내가 방금 저주를 걸었으니까.'

"아까 나, 열쇠 가지고 있었는데 문을 두드렸어요."

"그러게요."

"누군가 문을 열어주는 게 오랜만이라서요. 괜히 응석 부리고 싶어서."

"응석 부려도 괜찮아요."

"네."

그러고서 하루나는 띄엄띄엄 자기 얘기를 했다. 그녀가 중학생 무렵에 아버지가 돌아가셨다는 것. 할머니가 예전부터 이 부근에 살아서 간병을 계기로 낡은 집을 팔고 이 아파트로 이사왔다는 것. 아파트도 지은 지 삼십 년 이상 되어 낡았지만 그 대신 넓은 집을 살 수 있었다는 것.

문득 정신을 차리고 보니 하루나가 새근새근 숨소리를 내고 있었다. 쇼코가 가까이 있던 담요를 덮어줬다.

어머니 방에서 작은 소리가 들렸다. 쇼코는 하루나가 깨지 않도록 살며시 일어나 방으로 들어갔다.

어머니가 의아하다는 듯 쇼코의 얼굴을 바라보았다.

"새로 온 도우미 이누모리 쇼코입니다."

쇼코는 속삭이는 목소리로 말하고 빙긋 웃었다.

"화장실 가시게요?"

그녀가 살짝 고개를 끄덕인다.

"제 어깨를 붙잡으세요."

오늘밤만은 하루나를 편히 재우고 싶다.

눈을 뜨자 벌써 오전 10시였다. 몸 위에 수건 재질의 얇은 이불이 덮여 있었다. 새벽까지 할머니와 어머니를 간병하면서 자다 깨다 하는 하루나와 함께 아침을 맞이했다.

그녀는 할머니의 침대 밑에서 이불을 깔고 자고 있었다.

쇼코는 잠을 깨우지 않도록 조용히 옷매무새를 가다듬고 쪽지를 썼다.

"무슨 일 있으면 연락해요, 말동무 정도는 되어줄게요……"

그리고 조금 망설이다 메신저 계정도 덧붙였다.

쇼코는 집에서 나와 제일 가까운 전철역인 도큐메구로선의 후도마에역을 향해 걸었다. 주택가로 구불구불 좁다란 길과 비탈길이 이어진다. 지난밤의 기억을 더듬으며 대충 걷다가 순식간에 길을 잃고 말았다.

'기왕 여기까지 왔으니 메구로후도 절에 가서 불공이라도 드리고 갈까……'

하지만 절의 방향조차 모르겠다. 스마트폰을 꺼내 현재 위치를 확인하려고 고개를 들었더니 메구로후도 절 입구라고 적힌 간판이 눈에 들어왔다. 거기서부터 작은 상점가가 이어졌다.

'여길 지나면 절에 갈 수 있는 건가.'

쇼코는 완만한 비탈길을 내려갔다.

상점가 안에 사람들이 길게 줄을 선 식당이 있었다. 조금 오래된 식당이었고, 줄을 선 사람들도 나이든 이가 많았다.

'평일 오전부터 무슨 줄이지?'

그때 코끝에 확 풍기는 냄새에 장어구나, 하고 쇼코는 알아챘다.

개점은 오전 11시인 모양이다. 아직 10시 30분이 조금 지났을 뿐인데 가격대도 제법 높을 게 분명한 장어 집에 이렇게 줄을 서다니…… 대체 어떤 장어이기에.

식당 앞에서 노인이 한 손에 부채를 들고 장어를 굽고 있다. 안에서 먹어도 되고 포장해 갈 수도 있는 지역 밀착형 식당이었다. 쇼코가 서 있는 사이 동네 주민들이 도시락이며 꼬치구이 등을 주문했다.

기둥에 붙여둔 작은 사진이 들어간 메뉴를 보았다. 물론 가격이 비싸지만 도쿄 번화가에서 먹는 것보다는 좀더 저렴한 듯했다.

갑자기 배에서 꼬르륵하는 소리가 나는 것 같아 쇼코는 그만두 노부인 일행 뒤에 붙어 줄을 서고 말았다.

'조금 호사스럽지만 작년 축일*에도 못 먹었고, 이렇게 이른 시간에 장어를 먹는 일이 이젠 없을지도 모르니까.'

"어? 장어가 조금 싸졌네요?"

"올해는 좀 많이 잡혀서요."

장어를 굽는 노인과 손님이 얘기를 나눈다.

"여름에도 품절될 일은 없을 것 같아 가격을 내렸어요."

쇼코는 고개를 빼고 포장용 메뉴를 보았다. 기존 가격에 가위

---

* 여름철 복날과 비슷한 날로 일본에서는 주로 장어 요리를 먹는다.

표가 되어 있고 200엔 정도 싸다.

'최근 몇 년간 장어가 안 잡힌다며 값이 치솟았는데 가격을 내리다니 양심적인 식당이네.'

11시가 되자 쇼코는 식당의 대각선 앞에 위치한 식사용 점포로 안내를 받았다.

쾌적하게 냉방이 되어 있어 쇼코는 한숨을 돌렸다. 다시 메뉴를 보니 장어덮밥 정식은 중, 상, 특상으로 나뉘어 있다. 중은 중간 꼬치, 상은 큰 꼬치가 올라간다고 한다. 특상은 중간 꼬치 두 개를 양념을 바른 것과 안 바른 것으로 하나씩 올리는 모양이다.

주류는 맥주와 더운술, 찬술 등이 있었다.

'양념 없이 구운 것도 매력이 있지만…… 그래도 특상은 너무 사치야.'

몸집이 작고 볼에 붉은 기가 도는 귀여운 여자 점원이 주문을 받으러 왔다.

"장어덮밥 정식 상하고 찬술…… 아이즈호마레로 주세요."

"네, 알겠습니다."

쇼코 외의 다른 손님들도 저마다 맥주나 청주를 주문했다. 은퇴한 노부부도 있고 친한 친구 사이인 듯한 손님들도 있다.

'이렇게 다들 대낮부터 술을 주문하는 곳은 처음이야. 이 근방에 은퇴하고 유유자적한 삶을 사는 사람들이 많아서일까.'

다른 사람들이 주문하는 걸 무심코 들어보니 다들 장어내장구이를 시킨다. 결국 쇼코를 제외한 식당 안의 손님 전원이 내장구이를 한 개씩 주문했다. 왠지 조바심이 난다.

"여기요."

여자 점원을 불러세우고 말았다.

"저도…… 내장구이 주세요."

"알겠습니다, 내장구이 하나요!"

장어를 기다리는 동안 쇼코 앞에 찬술이 나왔다. 작고 귀여운 분홍색 유리잔도 함께. 잔이 차가워서 그 자체만으로 황홀해진다. 술을 가득 따라 한입 머금었다.

'아, 쌀 향이 은은하게 풍기는 좋은 술이야. 단맛이 적고 깔끔해서 얼마든지 마실 수 있을 것 같아.'

곧 반찬이 나왔다. 단무지 두 조각 정도가 나오리라 예상한 것과 달리 양배추, 가지, 무, 오이를 넣어 빛깔이 산뜻한 채소절임이 작은 그릇에 수북했다. 싱겁지도 짜지도 않게 간이 알맞은 절임이 싱싱하다.

'이 채소절임을 보니 왜 이곳에 긴 줄이 서는지 알겠어. 장어를 먹기 전에 술안주로 딱 좋아.'

내장구이가 나왔다. 닭꼬치처럼 꼬치에 꽂아 노릇노릇하게 구웠다. 한입 베어 물자 양질의 기름기가 입안 가득 퍼졌다.

'식감이 쫄깃쫄깃해서 맛있네. 이것 또한 술안주로 최고다.'

내장구이를 먹는 동안 드디어 장어덮밥과 장어 간을 넣어 끓인 맑은국이 함께 나왔다.

'아!'

마음속으로 소리 없는 환호성을 지른다. 이미 채소절임과 내장구이를 먹고 있지만 다시 한번 손을 모으고 "잘 먹겠습니다" 하며 고개를 숙인다.

덮밥이 담긴 찬합을 열자 고운 빛깔로 구워진 큼직한 장어가 밥 위에 빈틈없이 딱 맞게 올라가 있다. 끝에서부터 깔끔하게 한 입 크기로 잘라 입에 넣는다.

'역시 맛있어.'

지나치게 부드러워 흐물거리는 장어는 도저히 좋아할 수 없는데 이곳의 장어는 식감이 알맞았다. 양념이 너무 달지도 않고 많지도 않아서 장어와 밥의 감칠맛을 확실히 느낄 수 있다.

이 타이밍에 아이즈호마레를 한 모금. 기름진 장어와 쌉쌀한 술이 잘 어울린다.

'장어덮밥은 알코올과 탄수화물의 만남에서 최고의 조합이 아닐까.'

이따금 상큼한 채소절임을 곁들이면 그 또한 맛이 좋다.

'아, 사람들이 왜 이렇게 줄을 서는지 그 이유를 진심으로 이

해할 수 있는 곳이야.'

실내를 둘러보니 다들 온화하고 행복해 보이는 얼굴로 장어를 입안 가득 먹고 맥주를 주거니 받거니 한다.

'하루나 씨네 가족은 근처에 살지만 이곳에 오지 못할지도 모르겠다.'

쇼코는 그녀에게 돈을 받지 않고 나왔다. 다이치한테 한소리 들을 것이다. 일은 일이라고.

심지어 비싼 장어까지 먹고 말았다.

나 자신이 꽤 형편없는 인간이더라도 하루나 같은 이들에게 아직 손을 내밀 수 있음을 확인하고 싶었던 건지도 모르겠다.

게다가 그녀에게 받은 돈으로 장어를 먹을 순 없다.

'돈을 안 받았기에 주문할 수 있었던 거야.'

쇼코가 내쉰 한숨에서 흐릿하게 장어 냄새가 감돌았다. 돌아가는 길에 메구로후도 절에서 적어도 하루나의 건강을 기원하고 가야겠다고 쇼코는 생각했다.

열다섯번째 술

돈가스 차즈케
다시 아키하바라

일을 마친 쇼코는 신오차노미즈역 옆에 있는 종합병원을 나와 어슬렁어슬렁 걷기 시작했다.

날씨가 좋아 가볍게 산책하고 싶은 기분이 들었다.

오차노미즈와 아키하바라의 중간쯤 왔을 때, 예전에 텔레비전 방송에서 보고 한번 가보고 싶다고 생각했던 식당이 이 근처라는 게 떠올랐다.

'돈가스 차즈케*였어. 어떤 맛인지 먹어보고 싶었는데.'

스마트폰으로 식당의 위치를 검색했다. 도보로 십 분도 채 안 걸려서 식당이 영업을 시작하자마자 들어갈 수 있었다. 손님은

---

* 밥에 물이나 녹차를 붓고 그 위에 채소, 고기, 생선 등을 곁들이는 음식.

쇼코 혼자였다. 점원이 곧장 주문을 받으러 온다.

"돈가스 차즈케 중 사이즈하고 생맥주 한 잔 주세요."

"돈가스 차즈케는 어떤 맛으로 하시겠어요?"

"네?"

메뉴를 다시 보니 간장맛, 겨자간장맛, 마늘생강간장맛 등 종류가 여럿이었다.

"가장 기본적인 게 간장맛인가요?"

"아무래도 그렇죠."

"……그럼, 기본 간장맛으로요."

겨자간장맛도 구미가 당겼지만 처음이라면 무난한 간장맛이 나을 것이다.

먼저 나온 생맥주를 꿀꺽 마신다.

쇼코는 자연히 나오는 한숨을 참으려다 여긴 병원이 아니니까, 하고 자신을 다독였다.

쇼코의 작은 한숨소리에 오사나이 모토코가 반응했다.

"왜?"

그렇게 들렸지만 어쩌면 말이 아닌 신음 같은 것이었는지도 모른다.

"아, 죄송해요, 저 때문에 깨셨어요?"

침대 위의 모토코가 눈을 반쯤 뜨고 이쪽으로 고개를 돌렸다. 하지만 그 눈빛 속에는 아무 의미도 희망도 없었다.

"물 드릴까요?"

대답은 없었지만 그녀의 입술이 바싹 마른 걸 보고 쇼코는 주전자 모양의 환자용 물그릇을 가까이 댔다. 수건을 받치고 입술 사이로 물을 흘려넣는다. 모토코는 목구멍으로 물을 꿀꺽 삼켰다.

"더 드실래요?"

그녀는 미세하게 고개를 저었다.

"죄송해요. 제가 잠을 깨워서."

역시 그녀의 눈빛에는 부정도 긍정도 없었다.

며칠 전, 아들인 오사나이 마나부에게서 연락이 왔다. 모토코가 가벼운 폐렴을 일으켜 입원했다는 내용이었다. 집에 혼자 있을 때 마음대로 먹은 음식이 목에 걸려 사레들린 바람에 흡인성 폐렴을 일으켰다고 했다.

편집자인 마나부가 월간지를 마감할 때마다 쇼코는 지킴이 일을 하러 모토코의 집에 어김없이 한 달에 한 번 이상 방문하고 있었다. 그런데 얼마 전부터 갑자기 모토코가 쇼코의 얼굴을 알아보지 못했다.

"더는 어머니를 혼자 집에 두는 건 어려울 것 같습니다."

마나부의 목소리는 태연했지만 쇼코는 그가 울고 있음을 감지

했다.

"최근 며칠은 제가 병원에서 묵었는데 아무래도 마감 전엔 어려워서요. 쇼코 씨가 그런 업무를 안 한다는 건 압니다만."

"아뇨, 갈게요. 괜찮습니다."

안도의 한숨과 함께 다행이다, 하고 그의 속마음이 들리는 것 같았다.

"병원에 간병인을 부탁할 수도 있지만 어머니가 쇼코 씨를 좋아하니까요."

쇼코 씨를 좋아하니까.

그 말이 가슴에 와닿았다.

"퇴원 시기가 정해지면 요양시설을 알아볼 생각이에요."

그럼 모토코 씨와 만날 수 있는 날이 앞으로 얼마 안 남았을지도 모른다.

마나부가 알려준 곳은 자택이 있는 오차노미즈 근처 종합병원의 1인용 특실이었다. 그의 동창이 의국장인 모양이다. 완전간호*를 받지만 밤에 어머니를 혼자 두고 싶지 않다는 그 마음을 쇼코는 이해할 수 있을 것 같았다.

---

* 환자의 가족이나 개인 간병인을 두지 않고 병원의 간호사와 보조인이 간병을 전담하는 일본의 의료제도.

"모토코 씨, 배 안 고프세요?"

물을 다 마시고도 모토코는 잠들지 않았다. 공허한 시선으로 이쪽을 보고 있다.

"안 주무셔도 괜찮겠어요?"

말을 걸어도 아무 반응이 없다. 쇼코는 속에서 뭔가가 울컥 북받쳐올랐다.

모토코는 이대로, 쇼코를 못 알아보는 채로, 어디론가 가버리는 걸까.

"안 주무신다면 제가 잠깐 얘기를 해도 될까요?"

대답이 없는 건 괜찮다는 뜻으로 받아들이기로 했다.

"실은 얼마 전에 딸아이랑 밥을 먹으러 갔어요."

전남편이 재혼하는 것, 딸 아카리가 새엄마와 살게 되는 것은 지난달 지킴이 때 얘기했다. 그녀가 어디까지 이해했는지는 알 수 없었지만.

"이거 맛없어."

아카리가 매우 분명하게 내뱉듯 말하는 바람에 쇼코는 온몸에서 식은땀이 흐르는 기분이었다.

"그럼 안 먹어도 돼. 엄마 접시에 놔."

쇼코가 주위에 들리지 않도록 작게 속삭였다. 아카리는 잔뜩 뿔이 난 듯 젓가락을 내려놓고 의자 등받이에 몸을 기댔다. 다리를 대롱대롱 흔들면서.

"다른 거 먹을래? 아님, 엄마 거 먹을래?"

"필요 없어. 어차피 엄마도 똑같은 거잖아."

하긴 그랬다. 가라아게 전문점이라 메뉴는 그것뿐이었다.

"아카리가 가라아게 먹고 싶다고 했잖아."

쇼코는 무심코 말투가 거칠어졌다.

아카리는 더욱 뾰로통해진 얼굴로 대답이 없다.

"다른 거 먹을 걸 그랬나?"

반응이 없다.

"다른 데 가볼까?"

다리만 더 빠르게 흔들어댈 뿐이었다.

"왜 그래? 아카리는 어떻게 하고 싶은데?"

아카리와 한 달에 한 번 만나는 날이었다. 어디를 가고 싶은지, 무얼 먹고 싶은지 사전에 쇼코가 요시노리에게 메시지로 물었다.

먹고 싶은 건 가라아게, 가고 싶은 곳은 특별히 없음.

그런 답장을 받고 아카리에게 가능한 한 맛있는 걸 먹이고 싶어 가라아게 전문점을 검색했다. 다행히 요즘 가라아게가 유행해 식당이 많았다. 쇼코는 나카노에 있는 곳을 알아뒀다. 후쿠오카에 본점을 두고 최근에 도쿄로 진출한 곳이었다.

"이거, 싫어."

"아카리, 그런 말 하는 거 아냐."

솔직한 심정으로는 더 따끔하게 혼내고 싶었다. 음식을 만든 사람에게 다 들릴 만큼 큰 소리로 그런 말을 하는 아이를.

하지만 함께 살지 않는 아이에게 안쓰러운 마음이 있어 그럴 수 없었다.

"그럼, 그만 나갈까?"

아카리가 그 말에 간신히 응, 하고 고개를 끄덕였다.

점원의 눈치를 살피며 남은 가라아게를 포장해서 식당을 나왔다.

아카리는 여느 때처럼 쇼코의 손을 꼭 잡아주지 않았다. 오늘 왜 이러는 걸까.

"이제 어디 갈까? 가고 싶은 데 없어?"

"별로."

알미울 정도로 쌀쌀맞은 답이 돌아왔다.

"영화라도 보러 갈까? 보고 싶은 거 없어?"

"몰라."

스마트폰으로 잠시 검색해본다. 도라에몽이나 짱구는 없지만 텔레비전 인기 애니메이션의 극장판이 상영중인 모양이다.

"애니메이션 보러 갈까?"

대답이 없다. 기분이 안 좋아서 대꾸가 없는 것만이 아니라 관심도 없는 듯하다.

'큰일이네.'

쇼코는 아이의 기분을 알 수 없었다. 초등학교 2학년밖에 안 됐는데 반항기라도 온 걸까.

"그럼 엄마 집에 갈까?"

아카리가 잠시 생각하더니 응, 하고 살짝 고개를 끄덕였다.

JR 전철과 일반 열차를 갈아타고 나카노사카우에로 왔다. 집에 가는 길에 슈퍼마켓에 들르기로 했다.

아카리는 거의 아무것도 먹지 않았다. 저녁때까지 집에 보낼 예정이지만 아이를 공복 상태로 돌려보내면 전남편과 시어머니가 어떻게 생각할지.

"아카리, 뭔가 사서 집에 가자. 먹고 싶은 거 있으면 뭐든지 알려줘."

그 말에 반응이 없어서 일단 쇼코는 아카리의 손을 잡고 슈퍼마켓 안으로 들어갔다. 아이의 안색을 살피며 몇 가지 장을 본다.

먹어주기만 하면 과자든 빵이든 좋겠다 싶어 아이가 좋아할 법한 것들을 장바구니에 넣는다. 그리고 문득 떠올라 닭다리살과 닭가슴살도 추가했다. 아카리가 '그건 왜?'라고 묻기라도 하듯 표정이 달라졌다.

"집에서 가라아게 만들어볼까? 그럼 먹을 수 있을지도 모르잖아. 닭가슴살이면 지방도 적고."

말은 없어도 아카리가 고개를 끄덕였다.

아카리가 쇼코의 집에 온 건 처음이었다. 물론 이혼 직후보다 물건이 늘긴 했지만 다다미 여덟 장 크기의 휑한 방이다.

평소 널찍한 2세대주택을 마구 뛰어다니던 아카리가 방을 보면 놀랄 거라고 쇼코는 각오하고 있었다. 그런데 신기한 눈빛으로 둘러보기만 할 뿐 크게 놀란 얼굴은 아니다.

그 표정을 보자 이제껏 아카리를 집에 데려오지 않았던 건 자신의 알량한 자존심과 오기 때문이었는지도 모르겠다는 생각이 들었다. 아카리가 집에 가서 전남편과 시어머니에게 "엄마네 집, 작아서 놀랐어" 같은 말을 하면 창피할 거라는 생각이 마음 한구석에 있었기 때문인지도 모른다.

하지만 그가 재혼을 결심한 지금, 그런 허세는 사라지고 없었다. 무엇보다 아이와 보내는 시간을 소중히 하고 싶다.

"집이 너무 쪼그매서 놀랐지?"

그래도 한번 물어봤다.

"아니. 귀엽다고 생각했어."

간신히 아이의 기분이 조금 풀리기 시작했다.

쇼코는 사 온 닭고기를 한입 크기로 자르고 냉장고에 있던 마늘간장에 재웠다.

"뭐하는 거야?"

좁고 작은 부엌에서 아카리가 신기한 듯 옆에 섰다.

"이거 있지, 마늘이 남았을 때 간장에 절여둔 거야."

다이치의 사무실에서 구독하는 신문에서 만드는 법을 보았다. 이 간장을 사용하면 어떤 음식이든 간단하게 제대로 된 맛을 낼 수 있다. 색이 검게 변한 마늘을 다져서 조금 섞었다. 양념이 배어들 시간을 적당히 기다린 뒤 풀어둔 달걀에 고기를 담갔다가 밀가루와 전분을 골고루 묻혔다. 그리고 냉장고에 있던 토마토를 썰어 간단한 샐러드를 만들었다.

"엄마가 만든 가라아게 먹어볼래?"

물어보자 그제야 아카리가 끄덕끄덕 고개를 흔들었다.

하지만 그것도 제대로 먹지 않았다. 한입 먹고 "이거 이상해. 이상한 맛이야" 하더니 다시 기분이 안 좋아지고 말았다.

'이 시점에 먹었다면 아카리가 엄마의 손맛을 원했던 거라고 여겼을 텐데⋯⋯'

"유명한 가라아게도 싫다, 엄마가 만든 가라아게도 싫다. 정말 난감했어요."

쇼코는 모토코에게 아카리와 만났던 날 있었던 일을 들려줬다.

"아무튼 계속 기분이 안 좋아서…… 아직 초등학교 2학년인데 말이죠. 반항기가 되면 그런 말을 하는 걸까요? 마나부 씨도 반항기가 있었나요?"

쇼코는 깊은 한숨이 나왔다.

"아니, 자식은 어째서……"

생각지도 못한 눈물이 천천히 흘러내렸다.

"아카리가 이제 나를 싫어하는 게 아닐까 하는 생각이 들어요. 그런 거라면 더는 안 만나는 게 나은 건가 싶고."

그때 처음으로 모토코가 움직였다. 침대 안에서 손을 내밀어 쇼코의 얼굴을 만졌다. 눈물을 닦아주듯 눈 밑과 볼을 어루만져줬다. 꺼슬꺼슬한 손가락의 감촉을 느끼고 쇼코는 기뻤다.

"고맙습니다."

여전히 표정에는 거의 변화가 없었지만 쇼코는 그녀의 손을 꼭 잡았다.

"모토코 씨와 못 만나게 되면 정말 허전할 것 같아요. 이런저런 얘기를 할 수 있는 말동무가 없어지니까요. 꼭 건강해지세요."

쇼코는 그녀의 손을 이불 속에 넣어주고 어깨까지 이불을 덮어줬다.

"아침까지 푹 주무세요. 아침이 되면 깨워드릴게요. 그리고 식사하시는 거예요. 저는 계속 깨어 있을 거예요."

모토코가 그제야 눈을 감았다. 쇼코는 침대 조명을 껐다.

어둠 속에서 희미한 모토코의 옆모습을 바라보면서 쇼코는 가만히 생각했다. 왜 아카리는 그토록 기분이 언짢았던 걸까.

'요시노리의 메시지에 분명 "먹고 싶은 건 가라아게"라고 적혀 있었어. 그때만 해도 아카리가 나를 만나고 싶어한다고 느껴졌는데. 이제껏 나를 만나는 동안 아이가 뭔가를 싫어하는 듯한 일은 거의 없었어. 헤어지기 싫어서 울기까지 했는걸. 새엄마와 사는 건 다음달일 텐데 무슨 일이 있었나. 혹시 내 험담이라도 들은 건가. 실은 다른 게 먹고 싶었는데 그가 거짓말을 한 건가……'

생각이 거기까지 미치자 쇼코는 화들짝 놀랐다.

'생각이 지나쳐서 전남편과 새부인을 의심하고 원망하다니. "남을 의심하려거든 일곱 번 찾아보라"고 예전부터 할머니가 종종 말씀하셨잖아. 뭔가를 잃어버렸으면 반드시 몇 번이고 찾아본 다음에야 누군가 훔친 게 아닐지 의심해야 하고 인간관계도 그렇다고. 타인을 의심하는 건 마지막의 마지막에 하라고 가르쳐주셨지. 다시 한번 찬찬히 생각해보자. 처음부터 하나씩.'

아카리가 뭐라고 했더라.

분명 내가 만든 가라아게를 먹고 "이게 아니야"라고 했다. 이게 아니다, 이것과 다르다. 혹시 다르다는 건 "이거야"라고 할 만한 게 있다는 뜻이 아닐까. 마음속에 먹고 싶은 맛이 있어서 그 맛을 찾는 것이다……

아카리가 먹어본 적 있고 쇼코가 만들어줄 수 있는 가라아게라면 함께 살았던 시절에 아이가 유치원을 다닐 때 저녁밥이나 도시락으로 만들어준 것일 테다.

'내가 어떤 가라아게를 만들었지? 솔직히 특별한 걸 만든 기억이 없는데.'

쇼코는 돈가스 차즈케를 기다리는 동안 맥주를 마시면서 생각에 잠긴다.

아카리는 기름기가 많은 걸 별로 좋아하지 않는다. 그래서 닭가슴살을 썼을 것이다. 퍽퍽해지지 않도록 작게 칼집을 냈고. 유치원생인 아이의 식사량은 놀랄 정도로 적어서 도시락통도 작았다. 작게 자른 닭가슴살을 청주와 간장으로 밑간하고…… 아니, 그 무렵에는 그렇게 정성을 들이지 못했던 것 같다. 아이가 먹을 요리에 청주는 사용하지 않았을 테고.

"아."

사람 없는 식당 안에 쇼코의 작은 탄성이 울려퍼졌다.

'그래 맞아. 가라아게 분말을 이용했지. 그것도 아주 간편하게 쓸 수 있는…… 대기업 브랜드로.'

쇼코는 회사 이름과 그 포장이 생생히 기억났다.

'바쁘다는 핑계로…… 어지간히 대충했구나.'

이런저런 생각을 하는 사이에 주문한 돈가스 차즈케가 나왔다.

"저희 식당은 처음이세요?"

젊은 여자 점원이 시원시원한 말투로 묻는다.

"네."

"우선 양배추와 돈가스를 평소처럼 밥과 함께 반찬으로 드세요. 그런 다음 남은 돈가스와 양배추를 밥에 올리고 녹차를 부어서 드시면 됩니다."

"……네."

뜨거운 철판에 담긴 양배추는 얇게 채 썬 것이 아니라 한입 크기로 썰어 볶은 것으로, 잘라놓은 돈가스 위에 올려져 있다. 둘 다 간장색으로 물들어 있다. 그 모습을 무심코 말똥말똥 쳐다보게 된다.

'이런 모습으로 나올 줄은 생각 못했어……'

얼른 점원이 말해준 대로 돈가스와 양배추에 밥을 먹는다.

'맛있다. 간장의 맛이 진해서 밥이랑 잘 어울리네. 양배추도

간이 제대로 배어 반찬이 될 만하고. 맥주에도 좋을 것 같아.'

생맥주를 꿀꺽꿀꺽 마신다. 돈가스와 간장의 조합은 처음 먹어보지만 보통 소스를 곁들인 것 이상으로 흰쌀밥에도, 맥주에도 잘 어울린다.

'의외로 위화감이 안 드네. 지금껏 간장으로 양념한 돈가스를 파는 곳에 못 가봤다는 게 오히려 신기할 정도야.'

밥을 절반쯤 먹었으니 드디어 차즈케에 도전해보기로 한다.

돈가스와 양배추를 밥에 올리고 조심조심 녹차를 부었다.

'돈가스든 양배추든 차즈케로 먹기엔 조금 용기가 필요하구나.'

그런데 부드럽게 볶은 양배추도, 맛이 진한 돈가스도 밥과 함께 차에 말아 후룩후룩 먹으니 놀랄 만큼 맛있었다.

준비된 일본차는 약간 씁쌀한 맛이 날 정도로 진하게 우려졌다. 그 맛이 돈가스의 느끼함을 알맞게 중화시켜준다.

쇼코는 메뉴판을 자세히 읽어봤다. 돈가스 차즈케는 남은 돈가스를 처리하기 위한 식당 직원용 요리였는데 손님에게도 판매하게 됐다고 적혀 있다.

'그렇구나. 식은 돈가스를 맛있게 먹기 위해 간장 양념으로 다시 데우고 뜨거운 차를 부어서 내놓았던 건가보다. 남은 재료를 활용한 요리이기도 하고, 식어서 더 맛있는 음식도 있으니까.'

불현듯 아카리의 도시락이 생각났다.

쇼코는 입맛이 까다로운 아카리를 위해 도시락에 흰쌀밥이 아닌 치킨라이스를 넣고 가라아게와 달콤한 달걀말이를 곁들이곤 했다. 그렇게 해주면 아이가 남김없이 먹기 때문에 일주일에 세 번은 가라아게를 만들었다. 영양소가 부족하진 않을까 걱정돼 원장 선생님에게 물었더니 "아침밥도 저녁밥도 잘 먹는다면 괜찮아요. 아카리가 자신 있게 먹을 수 있는 음식으로 싸주세요. 그러다보면 조만간 뭐든 잘 먹을 수 있을 거예요" 하는 대답이 돌아와 안심했었다.

'참 상냥하고 좋은 선생님이었지. 어쩌면 아카리가 그걸 먹고 싶어하는 건지도 모르겠다. 가라아게 분말을 쓰면 간편하면서 바삭하게 튀겨지고 식어도 맛있으니까.'

아카리가 집에 왔을 때 쇼코는 너무 애를 쓴 나머지 닭고기를 마늘간장에 재우고 달걀을 풀어넣은 밀가루와 전분으로 옷을 입혀 튀겼다. 제대로 만들었다고 자부했으나 가라아게 분말을 쓴 것만큼 바삭하지도 않고 맛도 너무 강했다.

'혹시 아카리가 그때의 그 맛을 원했던 걸까. 하지만 아닐 수도 있잖아. 그럼 창피한데. 엄마의 맛 운운하면서 실은 그게 대기업 브랜드의 맛이었으니.'

그래도 시도해볼 만한 가치는 있다.

"요시노리."

쇼코가 어둠 속에서 살며시 이름을 부르자 전남편은 말 그대로 뛰어오를 듯 깜짝 놀라 몸을 바르르 떨었다.

"뭐야, 쇼코였어……?"

"미안, 이 시간에. 오늘도 고생했지."

쇼코는 그들의 2세대주택 앞에서 어둠 속에 숨어 기다렸다. 저녁 무렵부터 기다리기 시작해 이미 밤 10시를 넘겼다.

"어쩐 일이야?"

처음의 놀람이 안도로 바뀐 것도 잠시, 이번에는 미심쩍음이 그의 얼굴에 서서히 드러나고 있었다.

"미안, 별일은 아니야. 정말, 미안. 실은 있지……"

쇼코는 가라아게를 먹고 싶어했던 아카리에게 제대로 먹이지 못했던 것과 그걸로 계속 고민했던 일을 재빨리 설명했다.

"아카리가 먹고 싶었던 게 이 가라아게일지도 모르겠다는 생각이 들어서 가지고 왔어."

쇼코는 가라아게, 치킨라이스, 달걀말이를 담은 플라스틱 보관용기를 내밀었다.

"갑작스레 찾아와서 미안해. 그런데 이걸 꼭 먹이고 싶었어. 안에 편지도 들어 있어."

"나는 괜찮아. 그런데 쇼코, 계속 여기서 기다린 거야? 집에 들어가도 되는데."

"그야 어머님이……"

"어머니 그렇게 무서운 사람 아니야. 늘 쇼코를 걱정하신다고."

쇼코는 그 말에 놀랐다. 시어머니는 기분파이지만 정이 많은
분이기도 하다.

쇼코 자신이 지나치게 그분을 무서워한 나머지 허상을 만들었
던 건지도 모르겠다. 헤어졌기에 알게 되는 일도 있다.

"말은 고맙지만 오늘은 여기서 돌아갈게."

"……알았어."

요시노리는 깔끔하게 수긍한 뒤 쇼코가 건넨 종이가방을 들고
집안으로 들어갔다.

'제대로 아카리에게 전달될까? 오늘밤은 어려우니까 내일 먹으
려나. 그래도 일단 전하길 잘했어. 편지를 꼭 읽어주면 좋겠는데.'

아카리에게

지난번에는 아카리가 좋아하는 음식을 제대로 준비하지 못해서
엄마가 미안해. 이런저런 생각을 하다가 예전에 아카리가 좋아했
던 도시락이 떠올라서 만들어봤어.

그런데 있잖아, 아카리가 원했던 가라아게를 만들어주지 못한
엄마도 잘못했지만, 큰 소리로 "이런 거 먹기 싫어"라고 말한 아카

리의 행동도 잘못됐다고 생각해. 그 말을 가게 점원이 들었다면 기분이 나쁘고 슬펐을 거야.

엄마는 아카리가 다정하고 남을 배려할 줄 아는 사람이 되면 좋겠어. 엄마가 바라는 건 단지 그뿐이야.

우리 다음달에 또 만나자. 엄마는 그날만 기다리고 있을게. 아카리를 만나는 게 엄마 인생의 가장 큰 기쁨이니까.

그럼 안녕.

엄마가

쇼코의 행동이 전남편과 시어머니에게 어떻게 받아들여질지는 알 수 없다. 그건 차치하고 당사자인 아카리가 음식을 제대로 먹어줄지, 이 가라아게가 정답인지도 잘 모르겠다.

'그래도 괜찮아.'

전철역까지 캄캄한 밤길을 걸으며 쇼코는 마음속으로 몇 번이고 되뇌었다.

엄마는 여기 있어. 이곳에서 언제나 아카리를 생각해.

이 마음이 가닿을 수 있을까.

쇼코는 기도하는 마음으로, 한편으론 왠지 따스한 기분으로 길을 걸었다.

열여섯번째 술

오므라이스
나카노사카우에

전철역 계단을 올라 지상으로 나가자 쇼코는 자연스레 한숨이 흘러나왔다.

자신의 집이 있는 이 동네에 아직도 적응하지 못했다.

지상으로 다 올라왔다 싶은 순간이면 우뚝 솟은 고층 건물에 에워싸인다. 그 광경이 시야를 가로막아 거리 안쪽의 깊이감이 느껴지지 않는다. 그것만으로 쌀쌀맞고 차가운 느낌이 들었다.

하루종일, 특히 낮에는 점심을 먹으려는 정장 차림의 회사원들이 지나다닌다. 쇼코처럼 청바지에 티셔츠 차림으로 동네를 어슬렁거리면 왠지 소외감이 든다.

지금까지 일로 방문했던 동네에서 점심을 해결했던 것도 그런 이유가 컸다. 차분히 앉아 술을 마시고 밥을 먹을 만한 가게가 없었던 것이다.

쇼코가 직접 고른 동네가 아니고, 다이치의 친척이 거품경제
기에 절세를 위해 구입한 집을 아주 싼값에 빌려 살고 있는 상황
도 하나의 이유일지 모르겠다. 불만을 말할 수도 없고 이사할 수
도 없다. 다만 사무실이 있는 나카노까지 자전거로 갈 수 있어
이동성이 좋다.

어쩔 수 없다고 체념했지만 그래도 가끔은 문득 집을 나가고
싶을 때가 있다. 하지만 그건 다이치의 배려를 무시하는 일이다.
무엇보다 그럴 돈도 없고.

'오늘은 우리 동네에서 식당을 찾아볼까. 그저 주뼛거리고 시
선을 피하기만 해선 아무것도 볼 수 없을 테니까.'

쇼코는 그렇게 마음먹고 일을 마친 뒤 곧장 나카노사카우에로
돌아왔다.

새로운 고객이었다.

들은 대로 시모키타자와의 아파트로 갔더니 젊은 여자 혼자서
쇼코를 기다리고 있었다. 그녀 뒤에는 골판지로 된 커다란 상자
가 잔뜩 쌓여 있었다. 하늘하늘한 분홍색 캐미솔에 반바지, 거의
속옷 같은 일상복 차림이었다.

"저, 나리타 유카리 씨인가요?"

"네."

그녀가 퉁명스러운 태도로 대꾸한다.

"……오늘, 다친 개를 지켜봐달라는 의뢰를 받고 왔는데요."

쇼코는 다이치한테 그렇게 들었다.

"아, 개요. 그 개 없어졌어요."

"네? 그럼 제가 필요 없다는 말씀인가요?"

"아뇨, 그 대신 해주면 하는 일이 있는데요."

왠지 일이 성가시게 굴러가는 듯싶어 쇼코는 일단 경계했다. 개가 없어졌다는 것도 수상하다.

"저기, 그게 어떤 일이죠? 저는 지킴이 일을 의뢰받고 왔기 때문에 그 이외의 일은."

설령 상대가 여성이어도 집안에 들어가는 건 나름대로 각오가 필요하다. 상대에게 조금이라도 이상한 점이 있으면 그대로 돌아와도 된다고 다이치가 늘 그렇게 말했다.

"죄송합니다."

긴 갈색 머리칼이 바닥에 닿을 정도로 유카리가 고개를 숙였다.

"제발 부탁이에요, 돌아가지 마세요."

쇼코의 손을 붙들기라도 할 것처럼 필사적이었다.

"무슨 일인가요?"

"실은……"

현관 앞에 서서 들은 얘기에 따르면, 애인의 부모님이 갑자기 도쿄에 오게 됐는데 내일 이 집에 방문하는 모양이다.

"그런데 보시다시피 집이 이래서요."

이사할 때 사용했던 상자가 그대로 놓여 있다. 그때그때 필요한 것만 끄집어내 썼는지 물건들이 밖으로 비어져나와 있고 상자는 찌그러져 처참한 지경이었다.

"부탁이에요. 정리를 도와주세요."

"내일은 어렵다고 거절하는 건 어떤가요?"

"하지만 시골에서 부모님이 오신다니 이렇게 좋은 기회가 또 있겠어요? 혹시 알아요, 단번에 결혼 얘기까지 진척될지도 모르고…… 아니 그보다 여기서 실수하면 절대 결혼은 못할 것 같아요!"

"하긴 그렇네요."

"부탁해요! 오늘 저녁에 결정된 일이라 다른 심부름센터나 청소업체는 낮에만 가능하다며 다 거절했어요. 제발 부탁합니다."

"개 이야기는 처음부터 거짓말이었어요?"

"……네. 그러지 않으면 안 올 것 같아서."

쇼코는 작게 한숨을 내쉬고 말았다.

"지금껏 남자친구를 집으로 부른 적이 없었던 거예요?"

"남자를 불러들이면 부모님한테 혼난다고 내숭을 떨었죠."

쇼코는 저도 모르게 웃음이 나왔다. 유카리 역시 자기가 말하고도 웃긴지 실소를 터뜨렸다.

"……알겠습니다. 해보죠."

아, 감사합니다, 감사합니다! 하고 그녀가 쇼코를 끌어안을 기세로 인사했다.

중간에 잠깐씩 선잠을 자면서(내일을 대비해 조금 자두는 편이 좋겠다고 쇼코가 유카리에게 권했다) 열 시간 남짓에 걸쳐 집 안을 청소하고 화장실과 냉장고 안까지 정리했다. 거기도 방과 비슷한 상황이었다.

"냉장고 안까지 청소하세요?"

"해두는 편이 좋아요. 냉장고에서 그 여자의 진면목이 나온다는 둥 하면서 확인하는 시어머니들도 꽤 있거든요. 시어머니 될 사람한테 냉장고 안을 기습당하고 파혼을 통보받은 친구를 알고 있어요."

쇼코가 청소를 하면서 유카리에게 말을 붙였다.

"모순되는 말 같지만 지나치게 완벽히 대비하지 않는 편이 좋아요."

"그럴 수도 없어요."

"그쪽도 유카리 씨와 사이좋게 지내고 싶어할 거예요."

"그럴까요?"

"그럼요. 아무리 부모가 반대해도 사랑하는 아들이 결혼하고 싶어하는 상대라면 결국 허락할 수밖에 없을 테고, 그렇게 되면 앞으로 긴 세월을 함께할 테니까요."

쇼코는 왠지 쑥스러운 기분으로 유카리의 집에서 나왔다. 마지막에 유카리가 양손을 모아 합장하듯 고맙다는 표시를 했다. 쇼코는 그저 누군가를 지켜봐주는 것보다 만족감이 더 컸다.

'이런 보람이 있으니 지킴이 일도 그만둘 수 없다니까. 가사대행 일도 잘할 것 같은데.'

한편으로 쇼코는 슬슬 다른 일을 알아보거나 자격증이라도 따볼까 하는 마음이 싹트고 있었다. 지금의 일은 밤에만 할 수 있고 불안정하다. 어차피 이혼 직후에 다이치가 쇼코를 돌봐주느라 권했던 것이지 계속할 수 있는 일은 아니라고 처음부터 생각했다.

'그럼 지금 사는 집에서 나와야 해.'

다이치와 사치에가 데려가준 보소반도의 농가는 훌륭했다. 여든네 살 노부인이 혼자서 밭을 일구고 있었다. 겨울부터 봄까지는 비단향꽃무와 금어초를, 여름에는 꽈리고추를 재배한다고 했다. 일이 없을 때는 여행을 가는 게 취미이고. 그런 즐거움을 위한 돈을 스스로 벌고 있다며 가슴을 쫙 펴고 자신만만해하던 노부인의 미소가 눈부셨다. 쇼코는 정기적으로 확실한 수입이 있다는 사실이 부러웠고, 흙을 밟는 육체노동이 인간과 자연의 근원적인 힘을 보여주는 듯해 감격스러웠다.

'여든 살 넘어서까지 현금 수입을 창출할 수 있다니, 얼마나 훌륭한 거야.'

그에 비하면 쇼코는 불안정하고 어중간한, 게다가 다이치 집안의 부동산이 없으면 지속할 수 없는 이 '지킴이' 일이 갑자기 불안하게 느껴졌다.

평소에는 큰길로 직진해서 집으로 가지만 일부러 골목길을 어슬렁거려본다.

동네 전체가 큰 빌딩에 압도된 듯 음식점도 그 외의 가게들도 드문드문 흩어져 있다.

'상점가가 없다는 게 치명적이네. 도쿄의 동네로서.'

전철역 앞에 대형 라멘 체인점이 있고, 다른 골목길에서 도삭면을 파는 식당도 발견했다. 점심에 이런저런 세트 메뉴를 파는 모양이다.

'본고장에서 온 도삭면이라니 좀 솔깃한데. 1000엔도 안 하는 점심세트도 알차고. 여기다 맥주를 곁들이면 저녁 반주 못지않겠는데. 그래도 좀더 찾아보자.'

도중에 시라타마이나리라는 작은 신사가 보여 쇼코는 새전함*

에 10엔 동전을 넣고 합장을 올렸다.

'시라타마**. 이름부터 맛있어 보이는 신사야. 조짐이 좋은데.'

그 옆길로 들어가보기로 했다.

언뜻 보기에 평범한 주택가를 헤매는 것 같아 실망스러웠는데 창고 같은 점포의 유리문에 붙은 "갓 볶은 커피"라는 글자를 보고 마음이 놓였다.

'커피 원두를 파는 가게구나…… 갓 내린 커피도 마실 수 있나? 커피가 230엔부터 300엔이라고 적혀 있네. 너무 싼 거 아닌가? 밥 먹고 들러봐야겠다.'

그 앞을 지나가다 새빨간 간판이 불쑥 눈에 들어왔다.

'와, 완전히 옛날 느낌 그대로인 중화요리집이잖아.'

가게 앞에 컬러 사진이 들어간 간판이 서 있었다. 미닫이문에는 실내가 보이지 않을 만큼 빼곡하게 종이 메뉴판이 붙어 있다.

'쓰케멘***, 탄멘****, 스태미나덮밥…… 어? 여기 혹시.'

실은 전혀 모르는 가게가 아니었다.

이 동네로 이사왔을 무렵, 인터넷으로 이런저런 가게를 찾아

---

* 일본 신사나 절의 본당 앞에 놓인 함. 그 안에 동전을 넣고 소원 빌기를 한다.
** 찹쌀가루로 만든 경단을 뜻하기도 한다.
*** 면을 국물에 찍어 먹는 방식의 요리.
**** 채소와 돼지고기를 볶은 다음 닭뼈 국물을 부어 끓인 면 요리.

볼 때 이곳도 몇 번인가 나왔었다.

'나카노사카우에, 라멘 같은 검색어를 쳐보면 반드시 나오는 곳이었어……'

그런데 지금껏 한 번도 오지 않았던 건 솔직히 맛집 사이트의 평가가 낮기 때문이었다. 덧붙은 후기나 맛 평가도 한결같이 뜨뜻미지근했다.

'맛없다고 욕하는 사람은 별로 없지만 높게 평가하는 사람도 없는 그저 그런 가게였지.'

그래서 도무지 식욕이 동하지 않았다.

'외관은 요즘 유행한다는 "동네 중국집" 느낌이 나 나쁘지 않은 듯한데.'

심야 방송에서 정통 중화요릿집도 라멘집도 아닌 "동네 중국집"이라는 식당들을 소개하는 걸 본 적이 있다.

쇼코는 문에 붙은 종이 메뉴판의 틈새로 살며시 안을 들여다보았다. 카운터석에 달랑 중년 남자 두 명이 떨어져 앉아 있을 뿐이다.

'음, 고민되네. 아무도 없을 만큼 인기가 없는 가게라면 바로 포기할 수 있는데 오전 11시 30분에 이 정도 손님이 있는 건 미묘해. 미묘하단 말이지.'

사진이 붙은 간판을 다시 바라보았다. 상하이면이나 광둥면 같은 면 종류만 스무 가지가 넘는다. 아니다, 가게 특제 요리에 시오버터라멘, 채소카레소바 등이 있어 실제로는 훨씬 많다. 게다가 라멘이 500엔이라는 양심적인 가격이었다.

'하지만 내게 한 끼가 지닌 무게는 아주 크다고. 실패하고 싶지 않아. 어쩌지.'

맛집 사이트의 평가를 떠올려본다. 라멘도 볶음밥도 무난하게 맛있는 듯했지만 평가가 아주 높은 건 아니었다.

'어째서 나를 고민하게 하는 거야. 역 앞의 도삭면이라면 솔직히 실패하지 않을 것 같긴 해. 분명 맛있을 테니까. 하지만……'

뭐랄까, 오늘은 왠지 그런 '무난'한 선택을 하고 싶지 않았다. 모처럼 이 동네를 탐색하고 새로운 가게를 개척하고 싶었다.

'라멘과 교자냐, 볶음밥과 교자냐의 문제라면 그리 어렵지 않겠지. 거기에 맥주를 곁들이면 아무리 맛없어도 어떻게든 수습이 되니까.'

"좋아, 가볼까."

작은 소리로 읊조릴 만큼 비장한 선택이었다.

미닫이문을 드르륵하고 열자 어서 오세요, 하며 여자 주인이 다정한 목소리로 맞아주었다.

소매 달린 하얀 앞치마에 머릿수건을 한 중년 여자는 카운터 석 너머에서 중화냄비를 흔들고 있는 남자의 아내인 듯했다. 상냥하고 기품 있는 용모였다.

"어디든 편한 자리로 앉으세요."

새빨간 카운터석이 있고 4인용 테이블석이 세 자리. 어디든 앉으라고 했고 아직 손님도 두 명뿐이라 쇼코는 제일 안쪽의 테이블석에 앉았다. 곧장 얼음물이 나왔다.

다시 메뉴를 꼼꼼히 살핀다.

면류 외에도 독창적 요리, 가게 특제 요리, 요리류, 식사류, 스태미나 요리 등으로 나뉘어 있다.

'면류나 식사류는 그렇다 치고 독창적 요리와 가게 특제 요리의 차이는 뭘까. 둘 다 비슷한 말 같은데……'

쇼코는 메뉴를 보며 한마디 던져본다.

'중화요릿집인데 카레가 있네. 돈가스덮밥도. 그러고 보니 동네 중국집을 정의할 때 이 메뉴들이 있는지가 하나의 기준이었지. 나폴리탄까지 있으면 동네 중국집 메뉴로선 만점인데.'

나폴리탄은 없었다. 은근히 실망하려던 찰나에 쇼코는 생각지도 못한 것을 발견했다.

'나폴리우동이라는 게 있구나! 밥 소량에 국물 포함이라니. 우동에 소량의 밥…… 동네 중국집으로 거의 만점 아닌가……'

게다가 중화요릿집에서 더욱 보기 드문 오므라이스, 치킨라이스, 햄라이스라는 세 메뉴가 사이좋게 나열되어 있었다.

'오므라이스…… 안 먹은 지 한참이네. 요즘 오므라이스는 죄다 치킨라이스 위에 폭신하고 촉촉한 오믈렛을 올리고 데미글라스소스를 뿌리잖아. 그것도 나쁘지 않지만 옛날 스타일의 오므라이스도 먹어보고 싶던 참인데. 그리고 햄라이스라니, 이건 또 어떨까.'

쇼코는 오므라이스라는 글자를 가만히 바라보았다.

'원래는 라멘이나 볶음밥을 먹으려 했는데. 여기서 입맛에 맞는 맛을 만나면 이 동네가 훨씬 친근하게 느껴질 것 같으니까.'

하지만 '오므라이스'의 위력이 쇼코를 자극한다.

'중국집의 오므라이스는 어떤 맛일까. 쉬는 날 엄마가 만들어준 것 같은 맛일까.'

"여기요, 오므라이스 주세요."

"네."

여자 주인이 우아하게 대답했다.

'마실 건 뭘로 하지? 그냥 병맥주로 할까.'

쇼코의 바로 앞 벽면에 주류 메뉴가 붙어 있었다.

'맥주, 기린, 삿포로, 아사히, 대, 중, 시원합니다. 역시 그렇지. 청주, 더운술, 상온, 찬술. 후쿠시마 청주입니다, 맛있어요, 한 홉 넘게 가득 담았어요. 깊은 풍미가 있슴다. 가격은 380엔인가. "있습니다"가 아니라 "있슴다"인 게 마음에 드는데. 오므라

이스에 어울릴 것 같진 않지만 마셔보고 싶어.'

"여기요. 이 청주, 찬술로 주시겠어요? 한 홉이요."

"네."

금세 물방울이 맺힌 술잔과 채소절임이 나왔다.

'시판용 오이절임과 노란 단무지네. 이것도 나름대로 좋다.'

꽤나 강력하고 풍미가 있는 술이었다.

'정말 "깊은 풍미가 있슴다"가 맞네.'

"음식 나왔습니다."

드디어 오므라이스와 국물이 나왔다.

새하얀 양식 접시에 담긴 커다랗고 노란 오므라이스. 잘 익힌 달걀부침이 치킨라이스를 살포시 감싸고 있다. 볼록하고 통통한 모양도 마음에 든다. 새빨간 토마토케첩이 획 하고 한 줄 뿌려져 있다. 옆에는 새빨간 후쿠진즈케*.

중화풍의 작은 사기그릇에 담긴 국물은 진한 간장색이고 잘게 송송 썬 파가 듬뿍 들어 있었다.

커다란 스테인리스 숟가락으로 오므라이스를 끝에서부터 푹 찌른다. 잘 먹겠습니다, 라고 작게 중얼거리고 첫입을 맛본다.

'맛있어. 뭐야 이거, 맛있잖아. 아니, 엄청나게 맛있다고 해도

---

* 무, 가지, 오이, 연근, 생강 등 5가지 이상의 채소를 주재료로 만든 절임.

되겠어!'

달걀부침, 달짝지근한 치킨라이스, 듬뿍 뿌린 케첩, 이 세 가지가 아주 조화롭다. 달걀부침의 간과 양념이 절묘하다.

'무엇보다도 안에 든 치킨라이스가 정말 맛있네. 냄새가 좋은데. 버터인가? 이 집이라면 마가린을 썼을까? 뭐든 제대로 듬뿍 넣어서 밥을 볶았을 거야.'

쇼코는 속 재료에 뭐가 들어갔는지 꼭 확인해야겠다고 생각하면서도 손을 멈추는 게 아까워 계속해서 게걸스레 음식을 한가득 입에 넣었다.

'맛있다. 진짜 맛있어.'

간신히 진정하고 달걀부침 속을 살필 때는 이미 절반 정도를 먹고 난 뒤였다.

치킨라이스라고 생각했는데 자세히 보니 밥 안에 든 건 돼지고기인 듯하다. 그리고 잘게 썬 양파와 피망이 들어 있다.

'포크라이스인 건가. 그런데 이것대로 좋다. 돼지고기의 감칠맛이 밥에 잘 어울려.'

청주와 오므라이스는 안 어울릴지도 모른다고 생각했는데, 밥이 깊고 진한 맛인데다 청주는 특유의 냄새가 없어서 서로 전혀 위화감이 없다.

'이 조합도 상당히 괜찮네.'

채소절임을 집어 오독오독 먹으며 술을 마시는 것도 나쁘지 않았다.

'이런 요리를 칭찬할 때 흔히 어머니 손맛이라고들 하는데 그게 적당한 표현일까?'

쇼코는 평소 요리 방송을 보면서 출연자가 "와, 엄마가 만든 것 같아요, 맛있어!"라고 할 때면 늘 의구심이 들었다.

'요즘 저 말은 칭찬으로 쓰이는 걸까. 그리운 맛이라는 뜻인가? 프로가 한 일을 칭찬하기에 바람직한 표현인가? 음식에 그리움이라는 고정관념이 더해져 맛있게 느껴지는 거지만, 그립지 않으면 맛도 없다는 뜻이 아닐까. 애당초 그 출연자 어머니의 요리 솜씨가 좋은지 나쁜지도 모르는데 말이다. 솔직히 맛이 없어서 칭찬할 만한 말이 딱히 없을 때 "어머니가 해준 맛 같다"고 한다면 그나마 이해하겠지만 그런 것도 아닌 듯하고.'

쇼코는 눈앞의 오므라이스를 물끄러미 응시한다.

'분명 우리 엄마가 해준 오므라이스는 이렇게 맛있지 않았어. 두 번 다시 만날 수 없는 엄마의 요리니까 그립고 다시 한번 먹고 싶긴 해도. 친구네 집에서 먹은 오므라이스도 이렇게 맛있지 않았지. 어렸을 때 이런 요리가 나왔다면 깜짝 놀랐을 거야.'

정오를 지날 무렵에는 남자 회사원들이 잇달아 들어와 카운터 자리가 이미 만석이었다. 연령대는 대체로 높은 편이다. 역 앞에서 무리 지어 걸으며 쇼코를 주눅들게 하는 회사원들은 다들 이십대다. 이곳에는 사십대 이상의 남성뿐이다.

그중에는 의자에 앉자마자 "사장님, 오므라이스요" 하고 주문하는 이도 있었다.

'뭐야, 역시 오므라이스가 인기 메뉴구나. 정말 중독성 있는 맛이라니까. 생각해보면 회사 건물이 많고 체인점 형태의 음식점은 다 모인 듯한 동네인데. 그런 동네에서 오랜 세월 영업하는 곳이니 맛이 없을 리 없지.'

맛집 사이트의 점수가 낮다고 주저했던 자신이 건방진 바보 같았다.

계산을 하니 1030엔이었다. 청주를 마셨는데 이 가격이면 저렴하다.

가게를 나와 처음 했던 계획대로 근처에 있는 '갓 볶은 커피' 가게에 가기로 했다. 1층에서 원두를 판매하고 카페는 지하인 듯했다.

계단을 내려가자 분위기 좋은 공간이 나왔다. 안에는 역시 남녀 회사원들이 있었다. 쇼코는 원두를 넣는 나무통을 테이블처럼 놓아둔 자리에 앉았다.

"오늘의 커피는 파푸아뉴기니의 시그리 AA입니다."

쟁반을 든 카페 청년의 갑작스러운 말에 생각할 겨를도 없이

"그럼 그걸로 주세요" 하고 주문해버렸다.

"250엔입니다."

"네."

"계산은 선불로 해주세요."

쇼코는 커피를 잘 알지 못하지만 도저히 이 가격으로 마실 수 없는 품종인 것 같다는 생각은 들었다. 놀라면서 지갑에서 동전을 꺼내 건넸다.

금방 점원이 가져다준 커피를 한 모금 마시고 쇼코는 자신의 예상이 틀리지 않았음을 느꼈다.

향이 깊고 산뜻하며 산미가 있다. 오랜만에 제대로 된 맛있는 커피를 마셨다. 점심의 기름기와 알코올이 기분좋게 씻겨 내려가는 걸 느꼈다.

'맛있는 음식을 먹고, 좋은 커피를 마시고, 최고네.'

느긋하게 커피를 음미하고 있으니 자연스레 며칠 전 다이치와 나눴던 대화가 떠올랐다.

쇼코는 다이치에게 간병인 자격증을 취득할 생각이라고 말했다. 그쪽 일에 종사한다기보다 노인 지킴이를 할 때 도움이 될 것 같아서였다. 하지만 다이치는 이 일이 간병으로 치우치는 걸 우려했다.

"물론 그쪽이 지금보다 훨씬 일은 많이 들어오겠지. 그렇지만 큰 책임이 따르게 될 테고, 규모가 큰 회사와 싸움이 안 돼."

지킴이라는 모호한 일이라서 좋지 않아? 도시에 피는 열매 맺지 않는 꽃이랄까, 하고 그는 웃으며 대화를 마무리했다.

쇼코는 다이치가 하고 싶은 말이 뭔지 알면서도 한편으론 '아직 그렇게까지 책임지고 싶지 않은' 그의 속내를 어렴풋이 본 것 같았다.

'그 녀석은 가메야마 사무실이라는 든든한 방패가 있으니까. 이러니저러니해도 가메야마 가문의 상속자니까.'

이쪽 일이 힘들어지면 비서가 될 수도 있을 테고 부모님의 일을 도와도 된다. 정치가라는 길도 있다.

'그 녀석이 정치가? 웩……'

다이치는 정치가가 될 만한 유형도 아니고, 다른 일을 하더라도 쇼코를 돌봐줄 것이다. 그런 두목 기질을 충분히 알기에 "그래서 결국 부잣집 도련님인 거야" 하고 쇼코는 마음속으로 그를 흉보았다.

더이상 다이치나 일에 대해 생각하는 건 모처럼 마시는 커피에 미안한 일 같아 쇼코는 마지막 몇 모금을 다 마시고 자리에서 일어났다.

카페를 나올 때 카운터석 너머의 나이든 여성과 눈이 마주쳐 가볍게 인사했다. 이렇게 맛있는 커피를 이 가격에 마실 수 있게 해줘서 고맙다는 마음을 담아 "잘 마셨습니다" 하고 가볍게 목례를 했다.

마음이 전해진 모양인지 "이 동네 분이세요?" 하고 그녀가 말을 걸어왔다.

"아, 네."

"날마다 원두를 바꿔서 제공하고 있어요. 또 맛보러 오세요."

"기대되네요. 또 올게요."

얼떨결에 자연스레 대답이 흘러나왔다.

쇼코는 집까지 걸어가며 생각했다.

'어쨌든 나는 당분간 이 동네에서 살아갈 수밖에 없어. 빌딩 많고 삭막한 이 동네에서.'

또 올게요.

적어도 그렇게 말할 수 있는 장소가 생겼으니 다행이다.

'그래도 자격증을 따는 건 내 마음이야. 공부해두면 다이치 밑에서 할 수 있는 일도 늘어날 테고. 설령 사장은 그럴 생각이 없더라도.'

직원 마음대로 하는 1인 다각경영. 그렇게 생각하니 왠지 웃겨서 방황하던 마음이 싹 사라지는 것 같았다. 아직은 이 동네에서, 이 일을 더 할 수 있을 듯한 기분이 들었다.

옮긴이의 말

누군가의 고독한 밤을 지키며 얻은 작은 용기

　번역을 끝내고 나면 유독 그후의 안부가 궁금해지는 소설 속 인물이 있다. 『낮술』의 주인공 이누모리 쇼코 역시 그런 인물 중 하나다. 쇼코는 이른 나이에 결혼하고 한 아이의 엄마가 되었지만, 남편에 대한 애정도 확신도 없는 결혼생활에서 불안과 공허함으로 시들어가다 이혼한 뒤 간신히 홀로서기를 시작했다.

　이혼 후 삶에는 두 소꿉친구의 도움이 절대적인 역할을 한다. 지낼 곳과 일자리를 마련해주는 실질적 지원부터 쇼코의 상실감을 달래주는 정서적 돌봄까지. 그런 친구들이 곁에 있다는 사실만으로 그녀의 홀로서기는 절반쯤 성공했다고 봐도 좋을 듯하지만 그녀에게는 치명적인 아픔이 있다. 아이를 양육할 경제적 능력이 부족한 탓에 남편과 시부모의 품에 딸을 남겨두고 나왔기 때문이다. 아이를 데려오고 싶은 마음은 굴뚝같지만 자신의 초라한 현실을 생각하면 욕심인 것만 같아 자신이 없다. 이렇듯 딸을 향한 그리움과 미안함, 그리고 실패한 결혼생활에 대한 후회는 언제나 쇼코를 괴롭히며 잠 못 이루게 하는데, 때마침 그런 그녀에게 주어진 일이 바로 밤의 '지킴이' 임무다.

밤새 깨어 누군가의 곁을 지키는 일. 그 대상은 어린아이부터 노인, 반려견에 이르기까지 다양하다. 소설이기에 가능해 보이는 이 가상의 직업은 일을 의뢰한 이의 사정과 연계해 들여다보면 금세 납득할 수 있다. 내가 모르는 밤의 세계에 이런 일을 하는 사람들이 실제로 있을 것도 같다. 지킴이 일은 쇼코에게 새로운 삶의 방식이 되고, 일을 마치고 귀갓길에 먹는 한낮의 술과 음식은 유일한 안식이자 하루를 살아가게 하는 에너지가 된다. 쇼코는 슬픔이나 자기연민에 빠져 삶을 허비하지 않고, 자신에게 허락한 하루 한 끼의 소중한 식사로 황폐해진 몸과 마음을 채우는 일에 집중한다. 처음에는 술에 의지해 현실로부터 도피하려던 그녀였지만 다양한 사연을 지닌 의뢰인을 만나고 자신을 돌아보며 점차 현실을 마주하게 된다. 그리고 그 과정은 읽는 이에게 지친 친구의 회복을 지켜보는 듯한 기분을 느끼게 한다. 어느새 그녀의 새로운 삶을 응원하고 보란듯이 잘 살아내기를 희망하게 된다.

제목에서 짐작할 수 있듯 이 소설은 술과 음식을 주요 소재로 다루고 있으며, 그 구체적이고 세밀한 묘사가 홍미와 재미를 한 층 더한다. 소설 속 많은 장면이 생생하게 그려지기도 하는데 여기에는 크게 두 가지 이유가 작용했으리라 생각한다. 하나는 드라마 각본가 출신인 작가의 이력이고, 다른 하나는 소설에 나오는 음식점이 실재하는 곳이라는 점이다. 도시의 지명과 음식 이름을 키워드로 검색하면 알아낼 수 있는 식당들을 배경으로 작가의 취재가 더해져 그 현실감이 그대로 반영되었기 때문이다.

『낮술』을 통해 국내에 처음 소개되는 하라다 히카는 독특한 직업이나 사연을 가진 여성과 음식 이야기를 소재로 한 다양한 작품을 통해 폭넓은 독자층의 호평을 받는 작가다. 그녀는 한 인터뷰에서 "무언가를 상실한 사람이 그 시점에서부터 어떻게 행동하고 어떻게 성장해가는지에 관한 이야기"를 하는 걸 좋아한다고 말한 바 있다. 어떤 삶이든 살아 있는 한 희망이 있음을 말하고자 하는 작가의 마음을 이 소설에서도 느낄 수 있다.

무언가를 먹고 마시는 일은 살아가는 것을 의미한다. 누구와 무엇을 어떻게 먹느냐에 정답 같은 것이 있을 리 없고, 자신의 지친 영혼을 감싸줄 따뜻한 음식을 먹으며 다시 힘을 내 살아가자고 다짐할 수 있다면 그걸로 충분하다. 거기서 한 단계 더 나아가 쇼코가 현실을 직시하고 미래를 꿈꿀 수 있게 된 결정적 이유는 타인과의 관계를 통해 조금씩 스스로를 돌아볼 수 있었기 때문이다. 의뢰인 혹은 고객이라는 형태로 맺어진 관계이지만 도시의 고독한 이들의 하룻밤을 지켜주며 그들의 외로움에 공감하고 미력하게나마 도움이 되고자 함으로써 쇼코는 자신감과 용기를 얻기도 하고 냉정하게 자신의 지난 과오를 깨닫기도 한다. 그렇게 조금씩 고개를 들어 진정한 홀로서기를 준비하는 모습에서 작지만 단단한 용기와 희망이 엿보인다.

어둡고 긴 터널을 지나는 듯한 삶에도 그 끝을 꿈꿀 수 있는 가능성은 존재한다. 그때까지 우리가 할 수 있는 최선은 자신을 비롯한 누군가의 지치고 외로운 마음을 보듬고 살펴봐주며, 잘 먹고 씩씩하게 지내는 것이 아닐지. 언젠가 한 손에 이 책을 들고 소설 속 가게들을 직접 찾아가 쇼코가 먹고 마신 것들을 실제로 맛볼 수 있는 날이 오기를 꿈꿔본다.

김영주

지은이 **하라다 히카**

1970년 일본 가나가와현 출생. 2006년 『리틀 프린세스 2호』로 제34회 NHK 창작 라디오 드라마 각본 공모전에서 최우수작품상을 수상했다. 2007년 『시작되지 않는 티타임』으로 제31회 스바루 문학상을 수상하고 소설가로서 본격적인 작품활동을 시작했다. 지은 책으로 『낮술』(전3권) 『할머니와 나의 3천 엔』 『76세 기리코의 범죄일기』 등이 있다.

옮긴이 **김영주**

상명대학교 일어교육과를 졸업하고 한국외국어대학교 대학원에서 일본 근현대문학으로 석사과정을 졸업했다. 옮긴 책으로 『76세 기리코의 범죄일기』 『탱고 인 더 다크』 『엄마가 했어』 『신을 기다리고 있어』 『결국 왔구나』 등이 있다.

문학동네 세계문학
낮술 1 시원한 한 잔의 기쁨

1판 1쇄 2021년 6월 7일 | 1판 6쇄 2022년 12월 9일

지은이 하라다 히카 | 옮긴이 김영주
기획·책임편집 고선향 | 편집 류기일
디자인 엄자영 이원경 | 저작권 박지영 형소진 이영은 김하림
마케팅 정민호 이숙재 박치우 한민아 이민경 안남영 왕지경 김수현 정경주
브랜딩 함유지 함근아 김희숙 고보미 박민재 박진희 정승민
제작 강신은 김동욱 임현식 | 제작처 영신사

펴낸곳 (주)문학동네 | 펴낸이 김소영
출판등록 1993년 10월 22일 제2003-000045호
주소 10881 경기도 파주시 회동길 210
전자우편 editor@munhak.com | 대표전화 031) 955-8888 | 팩스 031) 955-8855
문의전화 031) 955-3578(마케팅) 031) 955-1917(편집)
문학동네카페 http://cafe.naver.com/mhdn
인스타그램 @munhakdongne | 트위터 @munhakdongne
북클럽문학동네 http://bookclubmunhak.com

ISBN 978-89-546-7994-7 03830

www.munhak.com